JN107977

金木犀とメテオラ
安壇美緒
集英社

目次

人物紹介

宮田佳乃

全国コンクールで入賞するピアノの腕前を持ち、成績優秀でプライドが高い。東京出身だが、父との折り合いが悪く、北海道に新設された築山学園中学校の寮に入ることに。

奥沢叶

容姿端麗で人当たりがよく、誰からも一目置かれる優等生。築山学園中学校の入学式で、新入生総代を務める。地元生まれで、母と二人で暮らしている。

森みなみ

出席番号が近い宮田と入学直後から行動をともにする。明るい性格で、周囲の空気をよく読むタイプ。ポニーテールがトレードマーク。実家暮らしの地元生。

北野馨　いつも騒がしいお調子者で、宮田を勝手にライバル視している。成績は常に宮田と奥沢に続く三番手。北海道出身の寮生。

冴島真帆　遊び好きで、退屈が嫌いな同級生。東京出身の寮生。

館林悠　真帆の親友で、ややシニカル。東京出身の寮生。

羽鳥由梨　宮田と同部屋の朗らかな同級生。北海道出身の寮生。

杉本聡子　簗山学園の「星見寮」の寮母。おっちょこちょいだが慕われている。

時枝邦和　簗山学園の理科教師。人気があるが、生徒相手でも敬語を崩さない。

金木犀とメテオラ

宮田佳乃　十二歳の春

1

正方形の格子窓から、春の光が覗いていた。昨夜まで降り続いた雪は朝方に止み、生徒たちが登校してくる時間帯にはもう路面に溶け始めていた。

「この度、めでたく築山学園の一期生となりました皆さんにふさわしい、晴天に恵まれましたことをおろよこび、あ、失礼、およろこ、お慶び、申し上げます」

壇上で話す来賓の舌がもつれると、ほうぼうから笑いが漏れた。真新しい制服を着た女子中学生たちは、まだ声色もあどけない。静粛に、と進行を務める教師がそれを叱ると、漆喰の丸天井のホールの中にはまた静けさが戻った。

西洋の意匠を凝らしたこの建物は、元々は明治の昔に北へ流れてきた宣教師たちが拠点にした場所であるらしく、それから酒場になり、和菓子屋に変わり、取り壊しの憂き目を逃れて、敷地ごと築山学園に買い取られた。

この新設校は北海道内外から広く生徒を募っている。

宮田佳乃（みやたよしの）は、射るような目で壇上を睨（にら）みつけていた。宮田が睨んでいるものは、話の長い来賓の市議ではなかった。その少しあとの未来を、宮田はあらかじめ睨んでいた。

来賓挨拶のあとには、入学生代表挨拶がある。

別に人前に出ることが好きなわけではない。式典で作文を読み上げるのなんて、好き好んでやりたいことではない。

だが、それは普通、入試成績一位の者が任されるものではなかったか?

長らく続いた来賓挨拶が終わると、力のない拍手が響いた。一期生三十五名と、その保護者と教職員だけの拍手は、小さなホールの中でもか細い。生徒たちはみな飽き始めてしまったようで、目線を横へ下へと散らばせていた。

続きまして、と進行役の教師がマイク越しに言った瞬間、宮田は小さな奇跡を信じた。

突然、自分の名前が呼ばれるという奇跡を。

「続きまして、入学生代表挨拶。一年一組、奥沢叶（おくさわかなえ）」

はい、と澄んだアルトが天井を突き、ひとりの生徒が立ち上がる。

嫌でも宮田の目はそれを捉えた。

奇跡が自分の手のひらからこぼれ落ちた瞬間、浮かんでくるのはくだらないことばかりだ。もしかしたら、違うのかもしれない。これは、ただの出席番号順なのかもしれない。成績なんかは関係なしに、たまたまあの子が選ばれただけなのかもしれない。

だってありえないのだ。こんなところまでやってきて、ほかの誰かに抜かれるなんて。

しかし奥沢叶が壇上に上がった瞬間、宮田の妄想はかき消えた。

奥沢は、群を抜いて見目がよかった。飾り気なく整えられた髪は短く、くっきりとした目鼻立ちがより際立つ。色白の肌が、濃紺の制服によく映えていた。

式辞の紙を開く、その一連の動作すら人目を引いた。

「桜を待つ、北国の春が訪れた今日この日、」

たしかにこいつが入学生総代だったのだろう、と宮田は確信した。そして、うだうだと別の可能性を探していた自分が急に恥ずかしく思えてきて、余計に壇上の美少女に腹が立った。

奥沢の目線は時おり紙の上を離れ、会場内へ点々と下りた。人前に立つのに慣れている。画(え)になる容姿、澄んだ声、美しい姿勢。それらはすべて、奥沢という人間に強い説得力を持たせていた。来賓の言い間違いにだらしなく笑う、ほかの生徒とは何もかも違う。

六啓舘(りっけいかん)にもこんなやつはいなかった。

壇上を強く睨んでいると、一瞬、目が合った。

順々に会場内へ視線を落としていただけの奥沢は、すぐに宮田から目を逸(そ)らし、また紙の上へと視線を戻した。その仕草はなめらかだった。

宮田が無意識に親指の爪を噛(か)むと、カリッと薄い音がした。

「あの子、すっごい可愛いね」

突然、気の抜けた声をかけられて、宮田は少し驚いた。

隣のパイプ椅子に座っている、ポニーテールの生徒がこちらに軽く顔を寄せる。

「めっちゃ頭よさそ〜……」

ちらりとそれを一瞥すると、宮田はすぐに前に向き直った。無視されるとは思わなかったのか、ポニーテールの少女はぽかんと宮田の横顔を見つめていた。

正方形の格子窓の向こうには、大きな山が聳えていた。人の手で作られた築山地区とは違う、本物の山だ。その山の上は、まだ雪に白んでいる。

築山学園は北海道南斗市の築山地区に位置し、小高い山の半分がその敷地となっている。辺りは林に覆われ、急傾斜の坂道を下りなければ自然のほかは何もない。

とんでもないところに来た、と宮田は思った。そして、自分をこんなところに追いやった父親を改めて恨んだ。


知らない私学のパンフレットがテーブルの上に投げ出されていたのは、去年の梅雨の時期だった。宮田が塾から帰宅すると、ハウスキーパーは帰った後で、いつもより家の中は整然としていた。

麦茶をグラスに注ぎながら、宮田はちら、とそれを見た。

私立築山学園中学高等学校、と書かれた冊子は、どこか嘘くさく安っぽい。家にある、桜蔭や雙葉や女子学院の学校案内とは趣が違う。

なんだろう、と思いながらも、何か嫌な予感がして、宮田はそれに触るのをやめた。触ってしまえば、自分がそれと関連づけられてしまいそうで嫌だった。

近くのダストボックスへ目を向けると、折り曲げられた角2の封筒が逆さまに突き出ていた。

ハウスキーパーが帰った後に、父が一度家に寄ったのだろうか。

宮田は顔を傾け、その封筒に印刷されている学校の所在地を読もうとした。

北海道？

どく、と心音が大きくなる。

きっと仕事の資料に違いない、と宮田は自分に言い聞かせた。父の専門は債務整理だが、それ以外を請け負うこともある。私立中学のパンフレットが何の資料になるのかはわからなかったが、そういうことだってあるのだろう。事務所に届くはずの書類が自宅に届くことだって、珍しいことではない。

では何故（なぜ）、その資料はむき出しでテーブルの上に置かれているのか。娘の目につくように。

嫌な予感を押し流すように、宮田はグラスを一気に傾けた。

ダイニングからは、防音室がよく見えた。リビングの一角を透明な防音ガラスで仕切り、防音室が作られたのは宮田が生まれるより前のことだ。ピアノ教師だった母は、自宅で生徒を取っていた。

グランドピアノは当時と変わらず艶（つや）めいている。

「それ見たか？」

玄関のドアが開いた気配がしてまもなく、父の修司（しゅうじ）がリビングに顔を出した。挨拶もなく、忙（せわ）しない様子でソファ横の棚を手探（てさぐ）っている。

「おまえ、鍵見なかった？　こんくらいの」

どこやったんだっけな、と修司が荒っぽく呟（つぶや）いた。その髭（ひげ）を伸ばした大男は、いるだけで場を威圧する。一度帰宅したからなのか、スラックスの上はポロシャツだった。

「事務所かなあ、めんどくせえなあ」

「……これ、何？」

「鍵だよ。預かってるロッカーの鍵」

宮田が無言でパンフレットを掲げると、ああ、と修司は素っ気なく言った。

「そこ、来年、北海道に出来るんだってさ。中高一貫で、寮もあるって。最近たまたま人に聞いてさ。いいだろ」

「何が？」

「何がって、何」

「まさか私の話じゃないでしょ？」

「ほかに誰がいるんだよ」

おまえそこ入んなさいよ、と軽薄そうに修司が笑った。

「……ちょっと待って、冗談でしょ？」

「冗談でパンフ取り寄せないよ。いいだろ。札幌まで出りゃ叔父さんもいるし。自然が豊かで情操教育にいいんだって。おまえもね、毎日毎日しかめっ面してないで、そういうところで心とか育んだほうがいいよ」

山の半分が学校なんだって、と面白そうに修司が笑う。

あまりの提案に怒りよりも呆れが先に飛び出して、はあ？　と宮田は大声を上げた。

「何言ってんの？　もう合格圏内全部入ってて」

「いや、そこも勉強すごいやるみたいよ？　そういう学校なんだって。おまえ、そういうの好きじゃん。丁度いいでしょ」

「なんで話が突然飛んでんの？　私が、今まで何のために塾行ってたと思ってんの？」

「だからもう塾もいいって。なんかすごい金かかるしさ」

　俺、こないだ初めて引き落としの額面見てビックリしちゃったよ、とふざけられて、宮田はかっとした。

「お母さんがそんなの許すと思ってんの!?」

　一瞬、修司はこちらを向いて、あ、とすぐに手の中の定期入れに目線を落とした。

「ロッカーの鍵、ＰＡＳＭＯん中あった。鍵ってなんでこういうところに入るんだろうな」

　やべ、坂本さん待たしちゃってるよ、と大袈裟に時計を見る演技をされて、宮田は向かいの椅子の脚を蹴り飛ばした。

「逃げんなよ」

　低い声でどすを利かせると、部屋の中の空気が変わった。

「……お父さんに向かって何だその口の利き方は」

　頭ひとつ、人混みの中で浮く高身長の修司は、その威圧的なアドバンテージを弁護士業でも存分に活かしていた。一度コミカルな外面を剝ぐと、粗暴で神経質な性格がすぐ覗く。

「毎日毎日、疲れて帰宅しておまえのヒスに付き合うのも限界なんだわ。何が問題よ？　いいだろ北海道。俺が行きてえくらいだよ。大草原でキツネとまったり写真でも撮ってこいよ」

　お父さんはもう決めたから、と修司が言い終えてすぐ、スマホのバイブ音が鳴った。

「あ～ごめんね、鍵あった。定期入れん中に。はい、はーい。いま出まーす」

途端にふざけた口調に戻った修司は、じゃあパパはお仕事だから、とそのノリのまま片手を振った。

こんな時、ほかの子は一体どうしているのだろう。

「食べて来るから、夕飯、パパの分も食べちゃっていいよ。家政婦のさ、堤（つつみ）さんだっけ？ 量多過ぎんだよな」

玄関を出て行くまでの間、修司はひとりで喋（しゃべ）り続けていた。

「坂本さんちのパグがさ、全然トイレ覚えないから犬の学校通ってんだって。犬に学校とかあんのかよ、ってビックリしちゃったよ。それに連れてくために、奥さんはパート減らしたんだって。すげえよな、パグのためにさ。おまえ、知ってた？ そういう学校あるの」

家庭内の会話が大事なんだ、などと偉そうに、修司はよく宮田に語った。

修司のそれは、ひとりごとだ。宮田の話や気持ちなど、一度も聞こうとしたことがない。はなから娘のレスポンスなど、求めてはいないのだ。

「帰り遅いから、先に寝ててね。じゃ、行ってきまーす」

リビングの棚の上には、小物がとっ散らかっていた。下手に触ると逆鱗（げきりん）に触れる。宮田はそれを十分すぎるほどに知っていた。

静かになったダイニングで、宮田は考えていた。

失敗したのだろうか。

泣いて縋（すが）って謝ってでも、東京で受験をさせて欲しいと言うべきだったのだろうか。

そもそもどこまで本気なのだろう。高額らしい塾代を棒に振ってまで、本当に自分を遠くへやるつもりなのだろうか。離れたいのはこちらとて一緒だ。しかし、今更どことも知れない田舎の新設校に行くなんてあり得ない。そんなの、Dクラス以下の選択肢だ。六啓舘のAクラスの中でも最前列に座っている自分がそんなところに行くだなんて、誰が想像するだろう？

あれこれと考えているうちに、嫌なざわめきが胸に広がって、宮田は途中で食事をやめた。家事代行の作る料理には、もう飽きていた。

防音室の重たいドアをスライドさせて、電気をつける。

ピアノの椅子に座った宮田は、そのまま前に姿勢を倒し、つめたい鍵盤蓋の上に頬をのせた。ガラス越しに見るリビングはまるでモデルルームのようで、人の住んでいる気配がしない。

あ、とひと言発してみても、声はどこにも届かなかった。

2

南斗市はその名に反して北国にある。

平成の大合併の際に複数の町村がひとつにまとめられ、北海道で四番目の規模の都市としてリスタートを切った。それから十数年が経(た)つ。

「委員会と係、何やる？」

トントン、と軽快に肩を叩かれ、宮田は後ろの席を振り返った。

「まだ決めてない」

「あたし何にしよっかなー、実験あるし理科係がいいかな」

一緒のやつやろ、とみなみが額を出した丸い童顔をほころばせる。

入学式で宮田に話しかけてきたポニーテールの森（もり）みなみは、出席番号が前後なこともあり、何かと声をかけてきた。

ホームルームの時間、所属の委員会と係を考える時間を与えられたクラスはざわめき、そこかしこで笑い声が上がっていた。

「東京ってさ、雪降ったら電車止まるってまじ？」

粉雪が降り始めた窓の外を見上げて、みなみが尋ねた。

「……場合によっては」

「その場合によってはって言い方、かっこいいな」

「南斗っていつもこんなに雪、降るの？」

「いや〜今年は異常。さすがに四月はあんまないよ」

では黒板にネームプレートを貼っていってください、と担任の落合恵（おちあいめぐみ）が言うと、生徒が一斉に立ち上がった。理科係でいいよね、と確認して、みなみも黒板前に駆け寄る。

入学生総代の奥沢叶は、学級委員をやるようだった。

「級長、奥沢かあ。それっぽいな」

自席に戻ってきたみなみが、宮田も結構それっぽい、と笑った。

名前を聞かれた時からずっと、宮田は苗字（みょうじ）で呼ばれていた。別に嫌ではなかったが、変わった子だな、と思った。

「宮田も級長とかやったことある？」

「ある」

「やんなくていいの？」

「なんで？」

「クールだね宮田」

何がおかしいのか、みなみは宮田の言動や態度にけらけらと笑い出すことがよくあった。笑われても困るのだが、それが不快というわけではなかった。

みなみは子どもっぽかった。今までの自分の交友関係と照らし合わせてみても。

「てか寮、慣れた？」

「まあまあ」

「自分で洗濯とか全部するんでしょ。超大変じゃない？」

「……それは家でも一緒だし」

うっそ超えらいね、というみなみの声は、落合の号令にかき消された。

「残り時間で、前期のクラス目標を決めてください。学級委員の奥沢さんと北野（きたの）さん。早速ですが、進行よろしく」

頬杖（ほおづえ）をついて窓の外を見ると、雪の量が増えていた。曇った空が、乳（にゅう）のように白く澱（よど）んでいる。

教壇に立った奥沢は、ぱっちりした目を輝かせて溌剌（はつらつ）としていた。

「では最初に五分間、時間を取りたいと思います。どんなクラス目標がいいか、周りの席の人と一緒に考えてみてください」

はきはきとして、いい声だ。総代挨拶の時と同じ、澄んだアルト。

まだ学校が始まって間もないというのに、奥沢叶はその圧倒的な存在感で、優等生の座に落ち着いてしまった。

「目標とか言われても、特にないよね」

みなみが宮田の背を突いて、にやにやと笑う。

宮田がこの数日間でわかったことは、やる気があってこの学校に来た生徒はほとんどいないということだった。首都圏組は最終すべり止め校として築山を受け、地元組はそもそもここしか私立がなく、受験という受験を知らずしてここへ来ていた。

ようするに、ここにいるのは中学受験に敗れた落ちこぼれと、何も知らない田舎の子どもと、あるいはわざわざここを選んだ変人のどれかなのだった。

何が進学校だ、と宮田は呆れた。

確かにカリキュラムのボリュームは密で、高校一年までに高三までの全範囲が終わるよう詰め込まれている。しかし、肝心の生徒がこれでは、どうにもなりはしないのではないか。

どうして自分がこんなところにいるのだろう、と考える度、だけど自分はここですら一番を取れなかったのだ、という苦い気持ちがこみ上げる。

親指の爪をカリッと噛むと、また爪の先が短くなった。

「では、何か案を思いついた人は挙手してください」

奥沢がチョークを構えると、はいはい、と何人かが勢いよく手を挙げた。小学生気分が抜けていない生徒たちは、まだ挙動が忙しない。

その中で、奥沢の佇まいは浮いていた。奥沢叶にはそつというものがなかった。

宮田は、奥沢を東京出身だと勝手に思い込んでいた。自分より好成績を獲る者が、こんな田舎にいるとは思わなかったのだ。寮に奥沢の籍がないと気づいた時には息を呑んだ。

奥沢は自宅生で、市内からバスで通学しているらしかった。

「『仲良くあかるいクラスにする』で！」

「やや小学生っぽいけど、いいじゃん!? 可愛くて」

もう一人の学級委員の北野馨は、奥沢と対照的だった。馨が芸人を真似た司会をすると、その都度、教室に笑いが起きた。

その中でぼんやりと、宮田は窓の外に降る雪を眺めていた。

クラスの目標はどうでもいいが、個人目標ならずっとある。

宮田は東京大学に行きたい。

「うわ、すご。奥沢さんの字、国語の先生みたいじゃん！」

端正な字が黒板に並ぶと、馨が大袈裟にそれを褒めた。はにかんだ奥沢に、可愛い、と野次が飛ぶ。

その可憐な微笑みが、宮田には何故か演技に見えた。常時テレビカメラに取り囲まれているのかとでも思うくらい、奥沢は表情に無駄がない。

なんだか嘘くさい子だな、と思った。

「『学校行事に本気になる』とか具体的でよくない？」

「それ、超わかりやすい！　先生、最初の行事ってなんでしたっけ。バス遠足？」

五月の遠足の概要を落合が話すと、おおー、とクラスがどよめいた。

沸く教室の片隅で、宮田は六啓舘の最終日のことを思い出していた。

塾も学校も一緒のクラスで、親友だった池内彩奈が、わざわざ言った言葉はこうだ。

私は、佳乃の分まで頑張るね。

北海道の僻地の無名校に行くことが決まった自分は、受験から降りたどころの話ではなかった。

人生から降りたと思われたのだ。

模試の順位も、ピアノの技量も負けたことのない彩奈から、引退を宣告されたことがどれ程の屈辱か。

再来週には、初回の実力テストがある。そこで絶対に、奥沢を下して首位を取ろうと宮田は思った。それができなければ、何も始まらない。

東京へは絶対に戻る。

「あ、吹雪いてきた」

多数決でクラス目標が決まった頃に、雪の勢いは激しくなった。つま先が冷える気温の中では、落合の春色のセットアップが寒々しい。

窓の外の白く澱んだ景色を、宮田は睨み続けていた。

星見寮は校舎の裏手にあり、遠方から来た生徒たちが暮らしていた。宮田はその新築特有の匂いを嗅ぐ度、どこかまた別の場所にやって来たかのような、妙な感覚に襲われた。

「あ、宮田さん。ちょうどいいところに来た」

おかえり、と寮監室の小窓から玄関に顔を出したのは、寮母の杉本聡子だった。

「頼まれてたピアノ教室の件だけど、さっき音楽の佐田先生にも聞いてみたの。個人教室だとネットに載ってないこともあるかなって」

ありがとうございます、と宮田が頭を下げると、ちょっと待ってて、と杉本が席を立って玄関先に回り込んだ。

「なーんかね、ここから通える距離の教室、本当は三つあったんだけど、宮田さんの受賞歴とか伝えたら二つは断られちゃって」

大きなチェック柄のエプロン姿は、中高生の寮母というよりも保育士を連想させる。杉本は寮生の親世代よりも少し年上らしかったが、はっきりとした顔立ちのおかげか若く見えた。

「だから実質、ここの教室しかないんだけど、佐田先生曰く、結構キツい感じの先生らしいのよ。実際、電話してみたら気難しそうなおばあちゃん先生だったわ」

地図のコピーを手渡され、宮田はもう一度頭を下げた。寮からピアノ教室までの道のりに、黄色くマーカーが引かれてある。

「試しに見学するもよし、諸々考え直すもよし。もし寮の自転車使うなら、予約表に書いてってね」

はい、と頷いた宮田に、杉本はにっこりと微笑んだ。

「おスギー、週末に親戚んち行くんで外泊届ください」

ぱたぱたと上靴を鳴らして廊下を駆けて来たのは、同部屋の羽鳥由梨(はとりゆり)だった。こーら走らない、と杉本が振り返る。

「誰よ〜おスギって。私、いつからおスギになったの？」

「親睦を深めるために杉本さんのあだ名決めようって話になって。あ、佳乃おかえり。さっき真帆(まほ)がダンスの練習やろうって言ってたよ。夕飯食べたらレク室だって」

「ダンスって、歓迎会の？　ちゃんと練習始めてるんだ」

杉本が聞き返すと、結構大変なんだよ準備、と由梨が屈託なくため口で笑った。ぱっと見、地味な印象の由梨は、喋ればとても快活だった。

寮の歓迎会は、近々予定されていた。歓迎会といっても、一期生の宮田たちに先輩はいない。寮生同士の交流を兼ねて、全員が班ごとに出し物をすることになっていた。

「じゃあ当日、あなたたちのダンス楽しみにしてるからね。練習頑張って」

杉本に手を振られ、宮田はまた会釈した。行事ごとは苦手だった。そういったものを一切合切(いっさいがっさい)、楽しいと思えたことがない。

寮の半地下にあるレク室は、出し物の練習で賑(にぎ)わっていた。スポーツウェアのカラフルな色が、部屋のあちこちに散らばっている。

宮田が周りを見渡すと、どの班も似たような練習に励んでいた。

「私って、実は特待生なんだよね。入試で成績良かったから。ちなみにもう一人は叶。ほら、級長の可愛い子。奥沢さん」

休憩中、鼻高々に自慢話を始めた馨を、すごいじゃん、と由梨が素直に褒めた。特待生、という耳慣れない単語に、宮田も思わず顔を上げる。

「特待生って馨と奥沢さんの二人だけなの？」

「そ。すごいっしょ？」

実際すごいよ、と由梨が感心すると、気を良くした馨が照れた。

「馨って、ほんと自分からそういうこと言う人なんだね」

からかうように笑ったのは、同じ班の冴島(さえじま)真帆だった。ストレートの髪がさらりと揺れる。

「ていうか馨が成績優秀者なんて意外過ぎ」

「それどういう意味？」

「だって普段の行いっていうか、ノリがバカっぽいから」

奥沢叶はわかるけどな、と館林悠(たてばやしはるか)も馨を煽(あお)る。はあ～？　と馨がふざけて凄(すご)むと、真帆が手を叩いて笑った。

歓迎会のダンスの班は、そのまま寮内の友達グループになりつつあった。同部屋の由梨と、うるさい馨。東京出身で、いつもペアでいる真帆と悠。

「特待生ってさ、学費タダとかそういうこと？」

「そーでーす」

「じゃあ後で馨に自販機のお茶おごってもらお」

「おごらんわ！」

馨たちが談笑している傍らで、宮田はひとり、考えていた。

入試の上位二名が、奥沢叶と北野馨？

さすがに自分が二位にも食い込んでいないことはあり得ないような気がして、宮田は一度冷静になった。いくら一発勝負とはいえ、この子にまで負けたとは考えにくい。自己採点だって悪くはなかった。

終わってしまったこととはいえ、入試の件は気になった。

誰に聞いたらわかるだろう？

「その特待生制度って、もしかして地元組にしかないの？」

当てずっぽうにそう口にしてみると、案外、それはしっくりときた。欠けたパズルのピースがはまる。

自慢話にけちを付けられた馨が、その声を低くする。軽快に回り続けていた歯車がいきなり錆びたかのように、場の空気が急に軋んだ。

「はあ？　あんた何、いきなり……」

「よっしゃ、義務学習始まる前にあと二回くらい全体通そ？　イントロの振り、あたし、まだあやふやだからさ」

まだ色も形もない友人グループを繋ぎ合わせるために、由梨がわざと明るく振る舞った。音楽が再生されると、少女たちはばらばらに、ゆっくりと立ち上がった。

翌日、宮田はまだひと気のない時間帯に登校した。

職員室を覗いてみると、出勤している教員はまだ少なかった。開校して間もない職員室はそれらしい雰囲気に欠け、所有者のない新品のデスクが部屋を空疎に見せている。

からからと引き戸を開けると、担任の落合が振り向いた。宮田が席まで歩いて行くと、落合は少し困った顔で、プラスチックのスプーンを持つ手を止めた。

「おはよう。こんな早くに、どうしたの？」

「入試の結果について知りたいんですけど」

藪から棒な質問を受けて、入試？　と落合が聞き返した。ばつが悪そうに、食べていた果物ヨーグルトを手で隠している。

「結果って、点数ってこと？」

「点数と、順位です」

「……先生、入試のことはちょっとわからないんだけど」

落合が職員室内をきょろきょろと見回す。頼りなげなその姿を、宮田は冷ややかに見下ろしていた。

「誰ならわかりますか？　入試関係」

「堂本先生かな……でもすぐにはわからないと思うけど。あ、堂本先生」

丁度、コピー室から出て来た教頭の堂本忠嗣を落合が呼び止めると、厚い眼鏡をかけた恰幅のいい中年男が歩みを止めた。

「ん？　なに？」

「あの、……入試結果を聞きたいらしくて」

一瞬、落合が言葉に詰まったことに気がついて、宮田は小さなショックを受けた。自分はまだ、担任に覚えられてすらいないのだ。

「入試結果？」

「自分の点数と順位が知りたいんですけど」

宮田が気強く詰め寄ると、臼に似た顔が破顔した。

「君、熱心だなあ」

これぞ簗山スピリッツですよ落合先生、と堂本がそれらしいことを言う。古い倉庫のような体臭に、宮田は鼻呼吸するのをやめた。

「調べておきますよ。君、名前は？」

「宮田佳乃です」

「ああ！　宮田佳乃さん」

なーんで彼女を覚えていないんですか落合先生、と笑いながら、堂本が自席のマウスを握る。どうやら少しは認知されているらしい、と宮田は内心、ほっとした。この現金そうな笑顔は気持ち悪かったが、それはそれだ。

「君、相当優秀でしたよ。これって本人が照会するのはいいんだっけ？」

「いえ、私は入試関係はちょっと……」

落合の返事を聞かず、堂本は立ったままパソコンを触り続けた。カチカチ、カチカチ、とマウス音が鳴る。

「東京会場の問題はかなり難易度が高かったんですけど、宮田さんはすごかったですね。簗山を選んだのは君の希望？」

堂本の質問を無視して、宮田はすぐに聞き返した。

「会場別に入試の問題、違うんですか？」

「違いますよ」

南斗と東京では難易度がかなり違うので、と堂本は言い切った。

「東京は難関校が多いですからね。はっきり言うと、現地ごとの受験生のレベルに合わせています」

「……特待生の枠があったって聞いたんですけど、それも会場ごとですか？」

「そうですね。特待の枠は南斗だけです。やはりそこは地元なので」

今年の特待は二人かな、と堂本がキーボードを叩く。芋虫のような、太った指だ。

「宮田さんも、特待、狙ってました？」

「いえ別に」

「もうちょっと待ってね、一覧どれだっけな」

宮田はもう腑に落ちていた。

初めから、自分と奥沢は同じ土俵にはいなかったのだ。

すっかり安心した宮田は、同時に築山学園への失望を深めた。やっぱり、その程度の学校なのだ。

「総代の挨拶、特待生だから任されちゃったのかなって奥沢さんが言ってたんですよね」

うすら笑いを浮かべながら、宮田は些細な嘘をついた。

「挨拶？」

「入学式の」

決して自分が劣っていたわけではない、という確信を持つための小さな嘘を。

「ああ。あれはちゃんと成績順で決めました」

宮田が堂本の横顔を見ると、あったあった、とその顔がモニターに近づいた。

「……成績も、会場別に出してるんですよね？」

「そうですね。二会場合わせても、満点は彼女だけでした」

宮田さんはね、３７２点だ、と堂本がエクセルの数字を読み上げた。

「でも東京入試で満点はあり得ないですからね。他校に合わせて、かなり難しくしてあるんですよ。それで君、これはすごい。東京会場は宮田さんがダントツ一位、で合ってますね。そうですね。間違いないです。だから教員はみんな覚えてるはずなんですよね、落合先生？」

私が照会しちゃいましたよ入試担当いないから、と面白いことを言ったかのように堂本が落合に笑いかけた。落合の笑いは短い。

ショックなのか、なんなのか、宮田はよくわからなくなった。

「今からそれだけ熱心にやるのはいいことですよ。六年間なんてあっという間だ。君みたいな優秀な生徒には大いに期待していますから、これからも頑張って」

煙（けむ）に巻かれたような気持ちで宮田が立ち尽くしていると、背後で戸の開く音が聞こえた。

「おや、噂（うわさ）をすれば」

堂本の言葉に宮田が振り返ると、奥沢叶が立っていた。入るなり複数の視線に晒（さら）された奥沢は、不思議そうな顔で堂本に会釈した。

いつの間にか廊下には朝の音楽が流れていて、校舎内は生徒たちの声であふれていた。

「優秀な生徒が多いクラスで嬉しい限りですね、落合先生」

落合のデスクからノートの束を回収しようとしていた奥沢は、その言葉に手を止めた。もう解放して欲しそうに、落合が苦笑する。

こちらの視線に気がついたのか、奥沢も宮田をちらっと見た。

「奥沢さん。奥沢さんは、南斗の入試会場で一番の成績でしたね」

話の流れも知らされず、いきなりそう切り出された奥沢は、漆のように黒い目を見開いた。

「……そうなんですか?」

「そうなんです。特待生二名のうち、より点数が高かったのは君です。なんと四教科で満点でした。実に素晴らしい」

先生、個人情報とかどうなんでしょう、と落合が口を挟んでも、堂本の舌は止まらなかった。

「ちなみに、こちらの宮田佳乃さんは東京会場の首席です。彼女も非常に優秀だ。君たち二人で一期生を盛り上げて、築山を引っ張って行ってください。どうぞ仲良く」

堂本に無理やり促され、宮田は奥沢と向き合った。強引な展開にもかかわらず、目の前の奥沢は落ち着いていた。

こいつに何か生々しい感情はないのだろうか?

宮田が無愛想に突っ立っていると、奥沢がすっと白い手を差し出した。そんな文化圏でもないのに、随分と気障だ。

「すごいね、宮田さん。これからよろしく」

心にもないことを、と宮田は思った。

「……こちらこそ」

差し出された右手に手を伸ばすと、想像よりもはるかに奥沢の手はつめたく乾いていた。職員室前の廊下に、生徒の爆笑が轟(とどろ)いた。

3

湿度のない乾いた風が、白樺(しらかば)の木々の間を吹き抜けていた。

「それって宮田、超すごいんじゃん？」

頭良さそうだと思ってはいたが、とみなみが目を丸くする。

昼休み、校舎の裏林にやって来た宮田は、朝の一件のことをみなみに話した。別のベンチでは、他の生徒たちも弁当を広げている。

「それって宮田が学年トップってことじゃん。言ってよ……」

「そうとも限らないと思う」

「え、なんで？」

「奥沢さんは満点だったらしいから」

南斗会場の入試問題がどんなレベルだったのかはわからないが、全教科で一点も取りこぼさないというのは容易なことではない。宮田はそれがわかっていた。

「でも、宮田が解いた入試の方がずっと難しかったんでしょ」

「まあ」

「じゃあ実質一位じゃん」

宮田がメロンパンの袋を裂くと、メロンパン好きなの？　とみなみが尋ねた。

「別に……」

「それ、自分で頼んだんじゃないの？」

「なんか適当にチェックした」

まだ購買部のない築山学園では、日直が希望者のパンの種類と個数をまとめて担任に提出することになっていた。

「あたし、菓子パンってあんまりなんだよな。コロッケとかメンチとか、おかず系じゃないと全然食べた気しなくない？　ていうか、パンだけで足りる？」

「お弁当だと洗うのめんどくさいから」

あらかじめ申請すれば、寮生も手製の弁当を食べることができた。しかし、弁当箱を洗って用意するのが面倒で、宮田は毎日菓子パンで昼を済ませていた。

「メロンパンにジャムパンじゃ栄養足りないぞ、優等生」

まあ脳みそはもう十分働いてんだろうけど、とみなみが自分で突っ込みを入れる。

「寮のダンス、順調？」

「全然」

「宮田、細いしダンス出来そうなのに」

「運動好きじゃないから……」

「背ぇ高いのにもったいない。あたしはチビだからなあ」

「これからまだ伸びるでしょ」

「伸びないよ、うちの親もチビだもん。宮田んとこ、親も背ぇ高いでしょ？　お父さん何センチ？」

メロンパンの固い部分に齧（かじ）り付くと、パン生地が潰（つぶ）れて歯形が残った。歓迎会、あたしも観に行きたいなあ、とみなみの話題はコロコロ変わる。

「のんびり授業も今週までか。ずっとこの生活でいいのにな」

週明けからは通常カリキュラムへ移行し、放課後講習も始まる。みなみはそれが憂鬱らしかったが、宮田は何とも思わなかった。六啓舘に充てていた時間が、学校の講習に変わっただけだ。通塾がないだけ楽だった。

再来週には初回の実力テストがある。

「実力テストってさ、勉強しなくていいんだよね。実力だから」

「さあ……」

「えっ宮田、やってる？」

「そこそこ」

六啓舘時代に使っていたぶ厚いノートを、宮田は読み返していた。難関校入試に堪え得るノートだ。この春に来た教科書だって、ひと通り目を通している。

絶対に、奥沢に首位は取らせない。

「そういうこと言う奴（やつ）に限ってめっちゃ勉強してんだよな～」

「みなみもやれば？」

「だって実力テストは実力を出すイベントですから」

ほれ菓子パンの人、肉食べな、とみなみが弁当の中のナゲットを差し出す。宮田はそれに一瞬怯むと、慣れない仕草で他人のフォークに顔を寄せた。


閑散とし始めた夜の食堂に、宮田たちはまだ残っていた。バスケ部の集団が去ってしまうと、途端に辺りは静かになった。

テレビでは、夜のニュースが丁度ローカル版に切り替わるところだった。

「この図、慣れないいんだよな。いまだに」

北海道全域の天気図を指して悠が言う。

「なんで？」

「関東の地図に目が慣れてるから変な感じ」

へえ、と旭川出身の由梨が不思議そうに頷いた。

「てか、北海道って桜、咲くんだ……」

真帆の呟きに宮田もテレビを見ると、桜前線が映っていた。ゴールデンウィークが見頃だと、若手の気象予報士が言う。

「咲くよ！　なんだと思ってんの」

「入学式ん時見かけなかったから、咲かないいんだと思ってた」

「内地より遅いだけでちゃんと咲きますう〜」

東京で花見ったら三月末とかだよ、と真帆が言うと、何でもかんでも東京が中心だと思うなよ、と十勝出身の馨がカレーをかっこんだ。

「じゃあ逆に東京って、卒業式とか入学式で本当に桜、咲いてるの？」

当たり前じゃん、と悠が言うと、えーマンガみたい、と由梨が笑った。

連休中のイベント情報を眺めながら、真帆がふと呟いた。

「桜前線ってさ、下から来るじゃん？　南から。あれって本当に、南から一本ずつ迫って来るの？」

さあ、と興味なさそうに悠が首を傾げる。

「ねえ、そこの特待生の人。知ってる？」

「知ってるわけないじゃん、そんなの……」

甘えた仕草で真帆に頰を突かれた馨が、うざったそうに顔を背けた。

「え、知らないの？　入試、上位なんじゃなかったの」

「それ関係ないでしょ！　何、突然」

「あたし、これ系の疑問はめっちゃ気になってしまう派」

なんで、なんで、としつこく肩を揺すられた馨が、うっさいわ！　と大声を上げた。

「……桜前線で同じエリアにある桜は、同じタイミングで咲くよ」

見かねて宮田が口を挟むと、全員がこちらを向いた。

「え、南から一本ずつ咲いてくんじゃないの？」

「違う。関係してるのは方角じゃなくて積算温度」

「何それ」

真帆がぽかんとする。

「ソメイヨシノの開花条件は二月からの積算温度が６００度を超すってだけだから、場所によっては南北も前後してたはず。だから気象条件さえ同じなら、同じタイミングで一斉に咲く。南から順に咲いてくわけじゃない」

宮田がそう説明すると、何かが癇に障ったのか、馨が無理やり難癖をつけた。

「一斉に咲くってことはないでしょ？」

「なんで？」

「こ、個体差がある……」

それらしい単語で対抗しようとした馨を、宮田はすぐに退けた。

「ソメイヨシノはこの世に一株しかないから、個体差もない」

桜なんて日本中に死ぬ程生えてるでしょ、と馨に鼻で笑われて、少し腹が立った。

「その死ぬ程生えてるサクラは全部、最初のサクラのクローンなの。最初の一株が接ぎ木でコピーされただけ。だからソメイヨシノに個体差なんてないし、日本のどこで桜を見たって、見てる花は同じなんだって」

それって、ちょっとホラーじゃん、と悠がぼそっと呟いた。

「……宮田さん、すごくない？」

真帆にまじまじと見つめられ、やり過ぎたなと宮田は思った。

「全然。ただの塾の受け売り」

「通ってた塾って、どこ？　宮田さんって東京出身でしょ」

急に親近感を持って接してきた真帆を、宮田はいつもの癖で警戒した。

「……六啓舘だけど」

「うっそ」

真帆が悠に目配せすると、二人は途端ににやつき始めた。

「六啓舘の人、初めて見た！　宮田さん、すっごいね!?」

「すごくないよ」

「でも六啓舘なら、いくらでも行ける学校あったでしょ？　宮田さん、なんでこんなところ来たの？」

話の流れを摑めていない馨が、何それ、と口を尖らせた。その無知を真帆が笑い飛ばす。

「馨、中学受験やったのに六啓舘も知らないの？」

「知らないよ！」

東京に一校しかない進学塾だ。馨が知らなくてもおかしくない。

「全員、東大コースみたいな塾なんだよ。普通の人じゃ入れない」

どうしてか真帆がそう誇らしげに自慢する。言わなければよかった、と宮田は後悔した。

カレー皿を下げて食堂を出る頃には、もう誰も塾の話はしていなかった。

「絶対もうレク室混んでるよ。明日はもっと早く食べ終わろ」

「バスケ部、すんごい早く食うよね」

築山には親の都合で来ただけだから、といつ言おうかと、宮田はずっと考えていた。だけどみんなはもう別の話をしていて、きっとそんなことなど覚えていない。

「佳乃、行くよ〜」

食器の返却口の横でぼうっとしていた宮田の手を由梨が引っ張る。寮の廊下はつるつると眩しく、光がいくつも反射していた。

宮田さん、なんでこんなところ来たの？

半地下のレク室へ下りて行く間、宮田の頭の中にはその言葉がずっと巡っていた。

4

小学三年生の冬のことだった。

「佳乃。あなた桜蔭受けなさい」

お母さん決めたんだけど、と母の笙子は早口で続けた。

同じマンション内に住んでいる、池内彩奈の誕生会から帰ってきたばかりの宮田は、桜蔭、の意味がわからず、ふーん？　と言った。

その日も母は花柄のスカートを穿いていた。儚げな、薄らと赤いチューリップのスカート。

「だから春から塾、行こう」

「何の塾？」

「学習塾」

ふーん、と宮田はチューリップのスカートの横を通り過ぎ、廊下の向こうのリビングへ向かった。誕生日プレゼントのお返しで貰った、ハローキティの蛍光ペンの入った袋をダイニングテーブルの上に置く。

「これ、お返しだって」

「彩奈ちゃんのお母さん、なんか言ってた？」

「なんかって何？」

「受験のこととか、佳乃に聞いてこなかった？」

「発表会の話は聞かれたかも」

リビング横の防音室の扉は開かれたままだった。ピアノ椅子の背もたれに、笙子のカーディガンがかかっている。

仕事後の母は機嫌が悪い。

「佳乃、なんか言った？」

「たぶん言ってない」

「そう。なんにも言わなくていいからね」

あの人、なんていうか、本当に、と、定まらない言葉を笙子は呟き続けていた。宮田はペンの袋をいじりながら、じっとそれに耳を傾けていた。

「音大の成績悪かったくせに、言う事だけ大きいのよね。自分ひとりで回してる教室でもないくせに」

防音室の中のカーテンはグリーンが基調のボタニカル柄で、植物のツタがうねっているのが、宮田はどうしてか怖かった。

「彩奈ちゃん、桜蔭受けるんだって。佳乃も受けよう」

「おういんって何？」

「難しい学校。入れたらすごいよ佳乃」

お父さんもびっくりするかもね？　と笙子は自嘲気味な笑みを浮かべた。

三年生に上がって以来、父に会うのは稀（まれ）だった。事務所を移転したから忙しいのだと聞かされて、幼い宮田は納得していた。

「お父さんの学校より難しい？」

「そうね、たぶん」

「佳乃、そんなの出来るかな」

「出来る。佳乃なら絶対に出来る」

お父さんなんかよりあなたの方がずうっと賢いんだから、と笙子の白く長い指が宮田の小さな頬を撫（な）ぜた。華奢（きゃしゃ）な身体（からだ）に不釣り合いな、オクターブを跨（また）ぐ大きな手だ。

それは宮田にも遺伝している。

「桜蔭に行って、それから東大だって入っちゃえばいいのよ。お父さん、いまだにそれを気にしてるんだから」

東大にピアノ科はあるのかな、と宮田は考えていた。それまではずっと、ピアニストになれと母に言われ続けてきたからだ。

夜は手袋、球技は見学。二歳から始めたレッスンを欠かしたことは一度もない。

彩奈も東大のピアノ科に行くのかな、と思いながら、宮田はハローキティのペンを手の甲で試した。ハートを描いて中を塗りつぶすと、日焼けのない肌理(きめ)に蛍光ピンクのインクが滲(にじ)む。
彩奈の母もピアノ教室を開いていた。同じマンションの最上階に、彩奈親子は住んでいる。
先に六啓舘に受かったのは宮田だった。

朝、頭の中に流れて来る音楽は、このところずっと同じだった。ラフマニノフの《楽興の時》第四番、ホ短調プレスト。

一昨年のコンクールで入賞した時の曲だ。

頭の中に流れる音楽に合わせ、布団の上で指を動かしながら天井を見つめていると、宮田は拭(ぬぐ)いがたい焦燥(しょうそう)に駆られた。

南斗へ来て一週間。こんなに長い間、鍵盤に触らなかったのは初めてのことだった。このままでは、指が動かなくなってしまう。

寮の歓迎会があった次の日、宮田はピアノ教室の見学を入れていた。

「ねえ、昨日のダンス。上手だったじゃない！　私、あの曲気に入っちゃった」

自転車の鍵を取りに寮監室へ寄ると、宮田を見るなり杉本が顔をほころばせた。

「あれ、かなり練習した？　みんなでレク室行ってたもんね」

「毎日ではないですけど、夕飯後にちょっとずつ……」

机の端の紙袋から、昨夜の飾りが覗いていた。桃色の画用紙で作られた、ガーベラの花飾り。

「これ、すごく上手ですね」

宮田が紙の花を手に取ると、あら、ありがとう、と杉本が照れた。歓迎会の夜のレク室は、まるでお遊戯会のように手作りの飾りでいっぱいだった。

「こういうの、何か見て作るんですか？」

「ううん、手書き手書き。ただの趣味」

その時、ゴンゴン、と何者かが玄関脇の小窓を乱暴に叩きつけた。宮田が驚いていると、杉本が怪訝（けげん）な顔で立ち上がってガラス戸をスライドさせた。

「おスギ！　1番のチャリ鍵頼む！」

小窓の向こうの玄関で、ブルゾンを着た寮生が今にも外へ飛び出して行きたそうに苛々（いらいら）と肩を震わせていた。窓の縁をカツカツと、忙しなく爪で叩いている。

「ちゃんと自分でこっちに回って！　自分で取りなさい」

「頼むおスギ！　ホントに歯医者、間に合わない！」

もー今日だけだからね、と仕方なく杉本が自転車の鍵を渡すと、行ってきます！　と威勢のいい声が玄関ホールに轟いた。

「早くもみんな生活、雑になってきちゃって。そろそろカツ入れないと」

杉本は怒っていたが、宮田はいまの子が少しうらやましいような気もした。

どうしてみんな、そんなに杉本に気安い態度が取れるのだろう。

「今日のピアノ教室、合うといいね。宮田さん、東京でも誰か個人の先生についてたんでしょ？　コンクール出るくらいならそりゃそうか」

目鼻立ちのはっきりしている杉本は、五十代に近づいてもなお可愛らしさが残っていた。

いつも明るく、陽気に話しかけてくれる大人は、宮田にとって珍しいものだった。

「母が」

「ん？」

「母がピアノの先生だったので」

背が高い宮田は、杉本の背丈をとっくに追い越していた。

「そうなんだ」

杉本は顔色を変えず、それ以上何も聞いては来なかった。


安斎美枝子ピアノ教室は、寮から自転車で十分のところにある。オープニングセールの幟がはためく道路沿いを、宮田は地図を片手に走った。

古い塀に囲まれた大きな平屋は、開店したばかりのコンビニの二軒隣にあった。

「寮の人が電話くれた宮田さんね」

生け花の多い玄関で宮田を出迎えた初老の女性が、安斎美枝子だった。意地の悪い鳥のような老け方をしていて、嫌味ったらしい喋りが癇に障る。

「中学一年生、で合ってる？　あなた、随分背が大きいのね」

杉本が言っていた通りに癖の強い安斎は、値踏みするようなまなざしで宮田をつま先から見上げた。

「東京国際芸術コンクール、ジュニアの部、三位入賞」

「はい」

「ご立派」

電話した時のものなのか、メモに目を落としながら安斎は宮田をレッスン室まで案内した。家の中は、相当に広かった。縁側からは広い庭が見えたが、涸れた池の中には鉢が積まれていて、殺風景だった。

「築山に出来た新しい学校の生徒さんなのよね」

「そうです」

「そんなに若いうちから寮生活も大変ね。親御さんは何て？」

「寂しがってしょっちゅう電話が来ます」

「でしょうね。親と離れるには早すぎるもの」

顔を合わせた瞬間から、宮田はこの女が気に食わなかった。適当な嘘をついたところで、二度と会うこともないだろう。

一回ピアノを弾いたら帰ろう、と宮田はもう決めていた。

レッスン室へ上がると、悪趣味なまでに部屋の中は花だらけだった。生花に造花、花の絵画、花モチーフの陶器やオブジェが大量に飾り付けられていて、胸焼けがしてしまいそうだった。

「見学させてくれる子が少し遅れているみたい。高校生の子なんだけど、音大志望で、有望なの」

安斎がそう自慢げに呟いたことも、宮田の心に火をつけた。そこに座って、と指された一人がけのソファには座らず、宮田はピアノに駆け寄った。宮田の自宅にあるピアノよりも大きく、年季が入っているグランドピアノだ。

「あの、生徒さんが来るまで弾いていてもいいですか？」

レースカーテン越しに裏の駐車場を覗いていた安斎が、仏頂面（ぶっちょうづら）で振り返った。バン、と車のドアが閉まる音が聞こえる。

「……いま来たんじゃないかしら？」

「少しなので！」

宮田は手早く椅子を調節し、高さを合わせてそこへ座った。

人前でピアノを弾く時、心の底からあふれて来るのは強くていびつな攻撃性だった。息を吐き、目を瞑（つむ）ると、宮田は自分の中に現れる始まりの合図を待った。

音大志望の高校生を、折ってやろう。

頭の中に流れたラフマニノフをなぞるように、力強い運指（うんし）で宮田は鍵盤を叩き始めた。


三月末の東京にはもう桜が咲き、千鳥ヶ淵（ちどりがふち）ではお濠（ほり）へ向けてソメイヨシノが垂れていた。自宅のある市ヶ谷（いちがや）を出て、皇居沿いを走り、高等裁判所に寄ったあとに、車は大田区へと向かっていた。

「見頃だなあ」

今年は早いなあ、と嬉しそうに、修司は運転席から桜を眺めていた。

「パパ、今度靖國（やすくに）に夜桜見に行くんだけどさ、あそこ毎年賑わってて好きなんだよなあ」

宮田は後部座席でイヤホンをしながら、パズルゲームをやり続けていた。

羽田空港に着くと、宮田はすぐに車を降りた。車の後方へ回り、コンコンとトランクをノックすると、修司が運転席の窓から顔を覗かせた。

「パパが出そっか？　荷物」

無視して宮田が再度トランクを叩くと、がこ、と音を立てて、トランクフードが浮かび上がった。

アイスブルーのキャリーケースは、宮田の手には重かった。ひと思いにそれを持ち上げると、腕の付け根がじんと痺れた。

運転席から降りてきた修司は、勝手な感動に浸っていた。

「あれだな、おまえは本当にパパに似なかったな」

ママ似だな、とさも残念そうに呟いた。

「元気でな。勉強頑張って」

無責任な父の顔を一瞥することもなく、宮田は自動ドアの向こうへ淡々と足を踏み入れた。

空路を経て、東京から約８００キロメートル離れた南斗へ降り立つと、途端に景色が白くなった。経験したことのない厳しい寒さが、大事な手先をしめつけた。

ひとりで寮へ向かうことを、宮田はなんとも思ってはいなかった。もう中学生なのだから、それが当たり前なのだと思っていた。

タクシーが築山学園の正門をくぐり、長い坂道を登り切ると、真新しい校舎の裏に今日から暮らす寮はあった。

「玄関、混んでるみたいだね」

吹雪いてるからここで待ってな、とタクシー運転手はメーターを止め、車内で宮田を待たせてくれた。

星見寮の玄関前には、段ボールを抱えた男女と、リュックを背負った子どもが見えた。なんの話をしているのか、家族はしばし動かなかった。

男は父親なのだろう。女は母親なのだろう。しかし、その傍らで身をよじらせて笑っている子どもが自分と同い年だと気づくまでには、しばしの時間が必要だった。

ああいう無邪気な光景は、自分がもう何年も前に卒業してしまったものだ。それがいつまでだったのか、思い出せもしない。

大荷物の家族がやっと玄関を離れると、タクシーのドアが開かれた。運転手に軽々と持ち上げられて、アイスブルーのキャリーケースは積雪の上に下ろされた。

寮のインターホンを押すと、ぶどう柄のエプロンの女性が笑顔で宮田を出迎えた。宮田が名乗るとすぐに、お父さんは？　と彼女は近くに停まっていた数台の車の運転席を見やった。

それを聞いて、ああ、家庭調査票がちゃんと読まれているんだな、と宮田は思った。

母が倒れたあたりから、宮田は場所の感覚があやふやだ。

コンクールの壇上、病院の個室、模擬試験の帰り道、葬儀、ハウスキーパーの入るリビング、卒業式の黒板の落書き、北海道の小さな空港、新築の匂いがする学生寮。

いまいるどこか。

曲終わりをフォルティッシッシッシモに叩きつけると、弾みで宮田の両手はとんだ。

静まり返ったレッスン室に、裏の駐車場から犬の無駄吠えが届いていた。

「あ、すみません」

ドアのところに制服姿の女子が立っていることに気づいた宮田は、すぐにピアノ椅子を立った。宮田よりも小柄な彼女は、呆然とそこに立ち尽くしていた。

一度弾き終えてしまうと、安斎も、音大志望の生徒のことも、どうでもよくなっていた。月謝の袋を突っ返すと、安斎はそれから何も喋らなかった。宮田も黙って教室を後にした。帰りはオープニングセールをしているコンビニに寄り、ＨＢのシャープペンの芯を買った。少し遠回りしてから寮へ戻ると、玄関に入ってすぐに昼食のうどんの匂いがした。

5

通常授業が始まると、疲れて休み時間に突っ伏している生徒がちらほらと見られた。

「生きてる？」

「死んでます」

「そろそろ講習始まるよ」

今のでもう一回死んだ、とみなみが机にへばりつく。宮田は教室の窓にもたれて、その丸い後頭部を見下ろしていた。

「私、そろそろ行くよ」

宮田がみなみに背を向けると、帰りにツキヤマ、と、こと切れそうな声が後ろから聞こえた。

習熟度別に分かれている数学の講習は人数が少なく、教室の中ががらんとしている。

白んだ空を見上げると、細かな雨が窓を濡らし始めていた。

「この問題の解説終わったら、類似問題の小テストやりますね」

べたっ、と大きな三角定規を黒板に貼り付けながら講師が言うと、非難の声が湧き起こった。

「やだ、今日はテストいらないよ先生」

「これと同じ要領で解くだけですからね。構えず」

宮田は机の下で手の指を動かしながら、ピアノのことを考えていた。

昼休みも放課後も、音楽室は吹奏楽部の根城にされてしまっていた。この間のピアノ教室へ行くことだって、今後ないだろう。

どうせもう、自分は音大へ進むわけでも、ピアニストになるわけでもないのだ。誰かに師事せずともピアノは弾ける。しかし、今まで鍛え上げてきた指が動かなくなるのは嫌だった。

少しの気の緩みですぐに指は衰える。失われてしまった技術は、二度と元には戻らない。

自由に触れるピアノがあれば、ひとまず不安は消えるのに。

「叶、これ出来た？　ちょっと見せて」

廊下側へ目をやると、真帆が隣に身を寄せて、奥沢のノートを覗き込んでいた。講師が問題文を写している間、教室の空気は弛緩していた。

「いちおう。自信ないけど」

「とか言って完璧じゃん。字もきれい過ぎ」

席が決まっていない講習の時間、奥沢は真帆と悠と一緒にいた。それは一見、妙な組み合わせにも思えたが、派手そうな雰囲気のある真帆たちが、華やかな容貌の奥沢に近づいたのは自然の流れである気もした。

講師が振り返ると、途端に教室は静かになった。

「『この図形を直線ABのまわりに一回転させてできる立体の体積と表面積を求めよ』。出来た人？」

宮田は肘をついたまま、顔の真横で手を挙げた。

確認するまでもなく、奥沢叶も手を挙げていた。

「私も出来てます、出来ました！」

後追いで挙手した馨が、ちらっとこちらを振り返る。

特待生であることにプライドがあったらしい馨は、やけに宮田に対抗意識を燃やしていた。どうやら入試の件を奥沢から聞いたらしい。

宮田はそれを面倒に感じてはいたが、根深いものだとは思わなかった。馨の嫉妬は子どもじみていて凡だった。本物の嫉妬とは、こんなものではない。

六啓舘で、コンクールで。

競争相手の同級生のみならず、その親からも憎悪を向けられることは沢山あった。

「じゃあ、元気のいい北野さん！　前出て解説してくれる？」

「えっ!?」

馨があからさまに動揺を見せると、教室に笑いが起きた。その賑やかな輪の中で、奥沢も笑っていた。

奥沢叶に違和感を感じているのは、自分だけのようだった。みなみや由梨や、ほかの生徒は奥沢のことをよく褒めた。それは奥沢が恵まれた容姿と抜きん出た学力を持ちながらも、決してそれを鼻にかけず、常に謙虚だからだった。

本当は、そうなのだろうか。自分がひねくれた見方をし過ぎているだけなのだろうか。

宮田は、奥沢が画にならない顔をしているところを見たことがなかった。みんながひっくり返って笑っているような場面でも、奥沢だけは一定の節度を保っていた。

まるで常に人目を気にして、気を張り続けているみたいに。

「では頑張ってくれた北野さんに拍手。じゃあ小テストを配るので、後ろの人に回してください」

プリントを受け取ろうとして、宮田はまた自分が爪を噛んでいたことに気がついた。

小テストが終わる頃には雨も止み、外は明るくなっていた。


「あんまいいのないなー」

書き味がヌルヌルしてんのが好みなんだよな、とみなみが試し書きの紙にハートを描く。

ブックスツキヤマは、築山生が気軽に立ち寄ることの出来る数少ない場所だった。ブックスと冠してはいるが、置いている書籍は雑誌と売れ筋のコミックくらいで、ほかのスペースには文房具や中高生向けの雑貨が雑多に並べられている。

「宮田、教科書にマーカーって引く?」

棚の下段のペンを試しているせいで、みなみのスカートはぺたりと床に垂れていた。

「あんまり」

「やっぱりか〜」

「なんで？」

「いや、無駄にマーカー引く奴ほど内容理解してないとか言うじゃん？」

お、新色、とみなみが別のペンにも手を伸ばす。

レジ横の窓から風が吹き込むと、少年コミックの販促ポスターがはたはたと揺れた。他に客はいなかった。

「……奥沢さんって、どう思う？」

オレンジの蛍光ペンで直線を引きながら、宮田はなんとなくそう口にした。

「奥沢？」

「うん」

「奥沢可愛いじゃん」

ああいう顔に生まれてたらあたしネットで顔出ししてたな、とみなみが言う。

「他には？」

「頭良さそ〜みたいな。なんで？」

「いや、別に」

これ先週なかったね、と宮田は新入荷された布製のしおりを指差した。暗い深緑の葉の中に、くすんだ色のバラが不揃(ふぞろ)いに並んでいる。

「奥沢、なんかムカつくことでもあった？　あたし、冴島真帆は結構ムカつくことあるけど」

「そういうわけでもないんだけどさ」

じゃあライバルが気になるだけだ？　と聞かれ、うーん、と宮田はお茶を濁した。

「あ、それ。可愛いじゃん。あたしこれ系のデザイン好き」

少し遅れて、みなみもバラのしおりを指した。

「リバティプリント？」

「って言うの？　ダサくない花柄のやつ」

でも高いな、これ八百円する、とみなみがパッケージをひっくり返して呟く。

「宮田、雑貨、何系好き？　キャラとか柄とか」

「なんだろ」

「今度、なんか一緒の買おうよ。お揃いの」

リバティプリントは？　宮田的にはアリ？　と、みなみがフックにかかっているしおりの柄を奥から順に確かめた。

「……なんか、花とかボタニカル系はあんまり」

「なんで？」

「わかんない」

暗くなってきた店内に、蛍光灯が白く灯(とも)った。五時だ、とみなみが立ち上がる。

深夜、寮の自習室を出る前に宮田がスマホを確認すると、メッセージが溜(た)まっていた。

未読は19件。

最新の発言者は彩奈だった。

『今日は久々会えてうれしかったよ！　また連休中とかみんなで集まろ』

六啓舘のメッセージグループはまだ稼働中で、そのやり取りは宮田のスマホにも流れてきていた。つい、グループを覗いてしまうと、今日撮ったらしい集合写真が連続で目に飛び込んできた。

その中心で、彩奈は屈託なく笑っていた。この間まで長かった髪がさっぱりと切られ、いつの間にか中学生らしくなっていた。

不思議と、自分もその輪の中にいたかったとは思わなかった。しかし、それが本心なのかはわからない。

本当は自分は悔しいのだろうか。あるいは寂しかったりするのだろうか。何について、誰に対して。

心は一度、別のもので覆われてしまえば、中身は誰にもわからなくなる。

宮田のペンケースの中には、かつて彩奈の誕生会でもらったハローキティの蛍光ペンがまだ入っていた。インクはもう、とっくに出ない。

彩奈が捨てたのはいつだろう。

朝、宮田が寮を出ると、杉本が玄関前のマリーゴールドに水をやっていた。

「あ、宮田さん。良いニュース良いニュース」

「杉本さん、髪……」

「髪、なに？」

「てっぺん、ピョンって出てます」

杉本の髪がひと束盛り上がっているのを見つけて、宮田は頭上を指差した。杉本は結構、抜けている。

「やだ、あとで直そう」

「ニュースってなんですか？」

宮田が聞き直すと、杉本の持っていたじょうろの水が丁度途切れた。

「ピアノの件なんだけど。さっき事務の小林さんと話してたら、ほほえみホールに寄贈のピアノが入るんだって聞いて。今日の午後だって」

入学式が行われた旧宣教師館は、校内での正式名称をほほえみホールといった。思いがけない情報に、宮田は鞄の持ち手を強く握った。

「お昼休みに行くには遠いかもしれないけど、放課後ならどうかなって」

「あそこって、勝手に入ってもいいんですか？」

宮田が真面目に尋ねると、杉本はそこまで考えていなかったという顔をした。

「そっか、それはそうだ。許可取らないといけないのかも。でも使っていいなら、音楽室と違って滅多に人も来ないだろうし、いいんじゃない？」

担任の先生にでも聞いてみて、と象のじょうろを持ったまま、杉本が宮田に手を振った。校舎がある方角から、八時の鐘が聞こえて来る。

よく気にかけてくれる人だな、と宮田は思った。

青いホースの垂れ下がった蛇口が、午後の陽を浴びて光っていた。まだ数回しか使われていない理科室は、それでも薬品の匂いが染み付いていた。

「マツのシャーレ、持ってってない班ありませんか。一個残ってますけど」

理科教師の時枝邦和がそう呼びかけると、どこかの班が小走りに黒板前の教師用テーブルへと駆け寄った。

「くしゃみをかけてしまうと、後から数十倍で見ることになるので気をつけてくださいね」

淡々と時枝が言うと、生徒たちから笑いが漏れた。時枝の白衣は年季が入っていて、ポケットの部分が変色している。本人はまだひょろりと若く、二十代後半だった。

窓の位置が教室と真逆の理科室で、宮田とみなみは廊下側の席に座っていた。

「今日はスイートピーとマツを使って、裸子植物と被子植物の違いを見ていきます。まず実験ノートにそれぞれのスケッチをしてください。丁寧に描いてくださいね」

制限時間を提示すると、時枝は理科室内をうろつき始めた。自由時間のような空気に、生徒の私語も増えていく。

窓辺に並ぶ水栽培のヒヤシンスの球根を、ちょい、と時枝が突いているのが、たまたま目に入った。

「トッキー、天然だな」

同じく見ていたみなみが言う。

「そう？」

「変だよな、トッキーは」

「教師だからキャラ作ってんじゃないの」

宮田がマツの葉を描いていると、横からみなみがそれを覗いた。

「宮田、絵はヘタいんだな。安心した」

「上手いも下手もないでしょ、マツの絵に」

毛玉のかたまりのような自分のノートのマツを見て、宮田は一度手を止めた。みなみのノートを確認すると、みなみも絵心がなかった。

「みなみも普通にヘタじゃん」

「そらそうよ」

ふあ、と宮田があくびをすると、まーた夜中までガリ勉か、とみなみがそれをからかった。

「宮田くんは大変勤勉で実に結構！　ハッハ」

「誰それ……」

「教頭」

理科室に移動中、堂本に出くわした宮田は、わざわざ廊下で呼び止められて、ひとり激励を受けていた。

「ぜひこのまま築山をリードして行って欲しいですなあ、ハッハ」

「そんな口調だっけ？」

「キモさこんなもんだよ」

宮田たちが私語を続けているうちに、他のテーブルも騒がしくなってきた。理科室を二、三周した時枝が、教壇の上に戻る。

「あなたたちの半分くらいは東京出身なんでしたっけ。東京、というか首都圏」

白衣のポケットに手を突っ込みながら、ふと時枝が生徒たちに尋ねた。

「どうですか、北海道は？　この数日間、暮らしてみて」

めっちゃ寒い、と間髪を容れずに誰かが叫ぶと、どっと大きな笑いが起きた。

「寒さはねえ、しょうがないですね。寒い以外に何かいい発見はありましたか」

「行くところがマジでない」

茶化した東京出身の生徒に、うっさいわ、と馨が声を張り上げた。あー、と時枝が否定も肯定もせずに頷く。

「大人が車出せばいろいろあるんですけどね。中高生には確かに」

「想像より、景色良くないんでがっかりです」

他の生徒が呟くと、その意見も拾われた。

「どんな想像してたんですか？」

「ポスターとかテレビみたいな……」

「それはたぶんポスターとかテレビが良かったんでしょうね」

まあでもせっかくこんな土地に来たわけだから、何らかの自然に興味を持ってもらいたい気持ちが僕にはありますね、と時枝が言う。

「私、花とか山とか興味ないです」

別の生徒が茶々を入れると、また笑いが起きた。

うーん、と思案するような素振りを見せた後で、時枝がポン、と手のひらを打つ。

「花とか山には興味なくても、あるいは星ならどうでしょう? 丁度、流星群が見られますよ。こと座流星群」

あまり聞き慣れない話題に、宮田もスケッチの手を止めた。

「天体望遠鏡、学校にあるんですか?」

「肉眼でも十分よく見えますよ。特にこの辺、山ですし。寮生は特に好環境だと思います」

「山から離れてる自宅生は無理ですか?」

「見えるとは思います、南斗自体が田舎なので」

「スマホの動画で撮れますか?」

「ぜひ挑戦してみてください」

さて、そろそろスケッチいいですか? と時枝が話を切り上げようとすると、ブーイングが起きた。

流星群だって、とみなみが宮田に耳打ちする。

「寮から星、見やすいってよ」

「別に、星見ても」

「ロマンね~な宮田……」

雑談が引き延ばされている間、窓際のテーブルで馨が何か騒いでいた。宮田がそれをちらりと見ると、みなみも一緒に向こうを向いた。

「叶、めっちゃ絵〜上手くない!?」

ひとりで盛り上がっている馨の隣で、奥沢叶は苦笑していた。

「奥沢、絵も上手いってよ」

ツキヤマでの会話を思い出してか、報告口調でみなみが言った。

「……別にマツの絵、上手くてもね」

「宮田のガリ勉もそうだけどさ、みんな取り柄があってすごいな。馨も毎度アホっぽいけど、いうてあいつ、特待生じゃん」

あたし、マジで取り柄ないんだけど、とみなみが肘をついて理科室の中を眺める。

「あるんじゃん?」

「たとえば?」

「元気とか」

「元気かあ」

「元気大事じゃん」

「そんなに大事かなあ」

ほかになんかないかなあ、と呟きながら、みなみがシャーレの中の葉を傾けた。


放課後、立ち入り許可をもらった宮田は、その足で旧宣教師館に向かうことになった。それを提案したのはみなみだった。

「宮田、なんの曲弾けんの？　あたしがわかるようなやつある？」

あれ弾いてよ、サウンド・オブ・ミュージックのやつ、とみなみは鞄を振り回して、その場でくるくると回転を始めた。遠心力に引っ張られて、ポニーテールも宙に浮く。昇降口前の廊下には、きらきらと埃が舞っていた。

「あたしも楽器、なんかやっとけばよかったなあ。根性ないから習い事続かなくてさ」

内心、宮田はもう帰りたかった。ピアノを弾くならひとりがいい。

ピアノのことは、みなみにもあまり話してはいなかった。宮田はどうしてか大事なことほど、他人に詳しく話せない。

「誰だ～そこでくるくる踊ってるの！」

わざと野太い声を出したのは、階段を下りてきた由梨だった。そのすぐ後ろに、日誌を抱えた馨もいる。

「これ提出したら帰るから、佳乃も一緒に寮帰ろ」

宮田が受けた由梨の誘いを、みなみは勝手に断った。

「うちら、これから旧宣教師館」

「え、なんで？」

「あそこにでっかいピアノが入って、宮田がそれ弾きたいんだって。由梨と馨も一緒に行く？」

流れでみなみが誘いかけると、行く、と由梨が話に乗った。急にギャラリーを増やされた宮田は、えっ、と思わず不満を漏らした。

「佳乃、ピアノ弾けるんだ。なんか映えそうで格好いいね」

由梨が気軽にそう褒めると、私も弾ける！　とまた馨が張り合い始めた。

「へーすごい。馨はピアノ、何弾くの？」

「ブルグミュラーまではやった。私も行くよ、旧宣教師館！」

やかましいのまでついて来ることになり、ますます面倒なことになったと宮田は思った。こんなメンツではまともな練習が出来るはずがない。


校舎の裏林に足を踏み入れる度、宮田はここを異国に感じた。白樺の枝先が重なり合っているほの白い空は、どこか寂しい。

ずっと同じ鼻歌を歌っているみなみに、なんの曲だっけそれ、と由梨が尋ねた。

「『私のお気に入り』」

「へえ。タイトルは？」

「だからタイトルが『私のお気に入り』。サウンド・オブ・ミュージックのやつ」

さく、さく、とウエハースを割るような小気味好い音が、ローファーの下で鳴る。冬の間に乾いた落葉(らくよう)が、広大な土地を覆っていた。

「あれ？」

林の奥にあるベンチの一つを、馨がすっと指で差す。宮田も目を凝らしてみると、生徒が三人、いるのが見えた。

その顔が視認できない段階から、宮田は嫌な予感がしていた。

「あ、叶だ！」

おーい、と馨が手を振ると、向こうも気がついたようだった。両端に座る生徒たちが、大きく手を振り返す。

奥沢叶を挟んでベンチに座っていたのは、真帆と悠だった。

「何やってんのー？　コソコソお菓子とか食べてんの？」

由梨が大声で尋ねると、作戦会議ー、と二人が答えた。

「何？　作戦会議って」

距離を詰めてから宮田が尋ねると、ぷっと真帆が噴き出した。いつもこういう調子の真帆を、宮田は好きにはなれなかった。

「やった、宮田さんが乗り気だ。うちらだけじゃ人数足りないよねって、丁度話してたんだよね」

「何それ？」

「これ、聞いた人は絶対参加のやつだから」

真帆と悠が目配せし合うのを見て、宮田は嫌な感じを受けた。みなみがムカつくと言うのがわかる。

全員の顔を近づけるよう手招かれ、仕方なく宮田も真帆の口元に耳を寄せると、ひそひそ声がゆっくりと届いた。

「みんなで・りゅうせいぐん・みにいこ！」

その響きは妙に幼く、年端のいかない子どもの約束事を連想させた。いま聞いた人は全員参加です、と悠がふざけて真顔で言うと、真帆が手を叩いて爆笑した。

流星群？

「それ、昼にトッキーが言ってたやつ？」

みなみが尋ねると、それ、と真帆がスマホの画面をこちらに向けた。国立天文台のＷＥＢサイトに、こと座流星群の極大日が載っている。

来週火曜の深夜。

実力テストの日の夜だ。

「せっかく北海道まで来たのに、うちら全然それっぽいこと出来てないよね、って話してたんだよね。北海道ったら、自然じゃん？　流星群、うってつけでしょ」

得意げに真帆が白い歯を覗かせると、急にみなみがふてくされた。それ、寮生限定イベントじゃん、とぼやいて、足元の枯れ葉を踏み鳴らす。

「みんな揃って寮で観ようって話でしょ？　あたしと奥沢、仲間はずれじゃん」

自宅生のみなみが不満を言うと、真帆は首を大きく横に振った。

「ううん、うちらも寮を出る」

え？　と由梨が聞き返す。宮田も耳を疑った。

「でも流星群が観られるのって夜でしょ？　寮って、夜中に外出られるの？」

「たぶん無理だから勝手に出る」

いやいや無理でしょ、と馨が呆れ顔で突っ込みを入れる。今回ばかりは、宮田も馨と同じ気持ちだった。

一同が啞然（あぜん）とする中、その計画に興味を示したのは由梨だった。

「寮出て、どこで観るつもりなの？　流星群」

「まだ未定。ここの山のてっぺんとか？」

「山の頂上って何あるの？」

放送局があるっちゃあるけど、と自信なげにみなみが答えた。

「でも、もう使われてないらしいよ。人いないと思うけど……」

じゃあ上まで道路もあるし、自販機くらいは残ってるんだ、と由梨はそれをポジティブに捉えたようだった。

「自販機も残ってはないんじゃない？　あっても誰も買わないじゃん」

「じゃあ飲み物はコンビニとかで買ってかなきゃだ……」

なんだか楽しそうな気がしてきた、と軽はずみに由梨が笑うと、馨が厳しくそれを叱った。

「絶対ダメ！　行かないよ、私は。怒られるもん！」

「でも怒られるだけじゃん」

うちの学校、中高一貫だし内申とか関係ないし、人足りないから退学はないでしょ、と慣れた調子で真帆が言う。

真帆と悠はＲＡＰＩＤだったと聞いた。ＲＡＰＩＤは大手の塾で、上位層は優秀だが、下位まで含めればぱっとしない。

遊んでばかりいたんだろうな、と宮田は思った。

「佳乃はどうする？　行く？」

由梨に無邪気に誘われて、宮田は返す言葉に詰まった。

ちら、とみなみを見てみると、みなみも落ち着かない顔をしていた。

いつの間にか形勢は不利だ。真帆たちは押しが強い。

「……寮生は集団で動けるからまだいいとして、自宅生は無理でしょ。夜道、危険だし」

自分からは断りにくい雰囲気だろうと、みなみを援護するつもりで宮田はそう主張した。みなみって家遠いの？　と由梨が尋ねる。

「……校門のスロープ下りたとこのセコマの隣」

「その距離なら五秒じゃん」

自転車とか持ってないの？　と真帆に訊かれ、あるけど、とみなみは俯いた。じゃあ一瞬で来れるじゃん、と悠が決めつける。

「いいじゃん、行こうよ。一人だけ参加しないで、寂しい思いするのはみなみだよ？」

強引にみなみが誘い込まれそうになっていることに腹が立って、宮田はつい口を挟んだ。

「でも夜道で何かあったら、誰も責任取れないでしょ？」

正論が煙たがられたのか、真帆と悠が目と目を合わせた。

「で？　そんな優しい宮田さんは？　来るの？　来ないの？」

ベンチに浅く掛けた真帆が威圧的に宮田を見上げる。その目つきに支配的な色を感じて、好きになれないというよりも、嫌いなタイプだと思った。

夕暮れの風が、ビュウ、と吹く。

「……行かない」

頭に来てそう吐き捨てると、いきなりみなみが声のトーンを変えた。

「やっぱうちらも行こっかな？　実際、家から五秒だし。危ない距離でもないもんねー」

出し抜けにおどけ始めたみなみに、宮田は強い違和感を覚えた。

「やめなよ、別に興味ないでしょ？　無理して行ってどうすんの？」

「いや〜なんか行きたい気もしてきたっす。あれじゃん、奥沢も自宅から来るんでしょ？　チャリなら夜でも大丈夫そうじゃん」

そのとき、奥沢の顔がふと曇ったのを宮田は見逃さなかった。

「奥沢さんの家って、遠いの？」

宮田がいきなり尋ねると、奥沢の目に微かな驚きが滲んだ。

そのくらい、宮田は奥沢と喋らない。

「学校からは結構、距離あるかな……」

奥沢んちってどの辺？　とみなみが尋ねると、真川町（しんかわちょう）、と奥沢が答えた。車の距離じゃん、とみなみが言う。

「え、それはやばくない？　さすがにめちゃくちゃ遠いって」

「大丈夫でしょ？　叶、しっかりしてるし」

しっかりしてるもんね、と真帆に顔を覗き込まれて、奥沢は困ったように眉尻を下げた。

どうして奥沢はこんなグループにいるのだろう、と宮田は疑問に思った。奥沢は人気がある。

真帆たちになどかかわらずに、友達を選べばいいのに。

宮田はそこまで考えて、彩奈のことを考えた。

友達なんて、選べない。

「うーん、そこまで遠いんなら、叶は無理しないほうがいいかもね」

由梨が助け舟を出すと、馨も奥沢の手を握った。

「そうだよ、叶なんて超可愛いんだからさ、人一倍気をつけないと！」

「あはは、ありがと。でも行くってもう約束したし。大丈夫だよ」

朗らかな笑みを浮かべながら、奥沢は参加を表明した。

「確かに結構距離はあるけど、国道沿いだし明るいんだ。万が一、帰れなくなったら寮に匿ってもらおうかな？　みんなの部屋も見てみたいし」

奥沢が冗談めかすと、それいいね、と由梨も笑った。その嘘くさい社交辞令を、宮田は冷ややかに見下ろしていた。

「じゃあ、無事全員参加ってことで」

「待って、私も入ってんの!?」

馨が勢いよく突っ込みを入れても、真帆はもう取り合わなかった。

ピアノ、行こっか、と小声でみなみが宮田の袖をそっと引っ張る。

「宮田さんたち、どっか行くの？」

「……旧宣教師館」

真帆に行き先を尋ねられ、仕方なく宮田は正直にそう答えた。暮れていく四月の寒空を、白樺の木が高く突き刺していた。

旧宣教師館の正面には、煉瓦のアプローチがあった。その脇にはまだ幼い樹々が、等間隔で植えられている。

「真帆、なんかつけてる?」

その手前で由梨が立ち止まると、後ろの宮田はつっかえた。

「なんかって?」

「香水とか」

すっごいいい匂いする、と由梨が鼻を利かせると、すぐにみんな真似をした。宮田も鼻から大きく息を吸うと、ひと筋、甘い匂いが黄色く香った。

金木犀(きんもくせい)だ、と呟くと、本当だ、と悠も言った。

何それ、とみなみが首を傾げると、その反応を見て真帆が笑った。

「ウソ、知らないの?」

「知らないよ」

「よく咲いてんじゃん、いい匂いがする木」

あるよね、と真帆が悠に同意を求める。私も知らない! と、かぶせるように馨が言った。

「北海道には自生しない木なんじゃないの。寒いから」

宮田がぼそっと呟くと、いま咲いてんじゃん、と馨が突っかかる。

「人の手で植えたから咲いてるんじゃない? 記念植樹したんだって、入学式で言ってたよ」

いい匂いだね、と奥沢が言う。奥沢もまた、金木犀を知らないようだった。

軋む扉を押して館内へ入ると、入学式の時よりもホールの中は狭く見えた。漆喰の丸天井に夕陽が反射して、どこかホールの中は朱い。

寄贈されてきたグランドピアノは、厳かな佇まいをしていた。

「宮田さん、ピアノっていつからやってんの？」

ステージによじ登った真帆が、脚をブラつかせながら尋ねる。

「二歳」

「早っ」

馨のオーバーリアクションに構わず、宮田はピアノを覆っていた布カバーを取っ払った。鍵盤の蓋を開けて、息を止めて大屋根も持ち上げる。

ポーン、と一音、叩いてみると、ちゃんと調律されていた。

「ベートーベンみたいなの弾くの？」

由梨が知っている単語で訊いた。

「弾いた年もあるよ」

「へー、すごい」

ギャラリーが多すぎるせいで、宮田はとっくにやる気をなくしていた。高さを調節してピアノ椅子に腰を下ろすと、みなみが再びさっきの鼻歌を歌い始めた。

「これ、弾ける？」

「なんとなくでいいなら」

軽やかな手つきで宮田がピアノを弾き始めると、おお、とみなみが声を上げた。夜の葉に落ちる雨粒のようなメロディが、切ない旋律へと変わっていく。

マイ・フェイバリット・シングス。

私のお気に入り。

悲しいことがあった日でも、自分の大好きなものを思い浮かべれば、そんなに悪くない日だと思えてくる。そんな曲だった。

宮田にはどうしても、それがきれいごとに思われた。そんな風に思えるほど、好きなものなど自分にはない。悲しみにしたって、自分の中のどれが悲しみで、どれが悲しみではないのか、あまりわからないような気がした。

突然、不穏な気配に鳥肌が立って、宮田は一瞬、目線を上げた。

奥沢？

ステージで談笑している輪の中で、奥沢叶だけがじっと宮田を見つめていた。それは奇妙な光景だった。まるで平たい絵画の中で、そこだけが飛び出ているかのように。

宮田はこの類の視線を何度でも浴びたことがある。

六啓舘の最前列で。コンクールの会場で。

これは嫉妬だ。

けど何が？　と宮田は思った。授業中でも、テストの返却時でもない今、何故？

みなみのリクエスト曲は、そろそろ終わりを迎えようとしていた。もう一度宮田がステージを見やると、奥沢の目はまだ攻撃的にこちらを射ていた。

そう思うのなら、やってやる。

ラフマニノフの《楽興の時》第四番。

いきなり宮田が前傾し、曲を変えて物々しい演奏を始めると、みなみの肩が跳ね上がった。

空気が一変して、肉厚のベルベットのように重厚な音楽がホールの中に響き渡る。鋭い楔を打ち付けていくかのように、宮田の指は躍動した。

気がつくと、真帆たちも息を吞んでこちらを見つめていた。複数の聴衆の息づかいを感じながらピアノを弾くのはコンクール以来のことで、宮田の身体はぞくりと震えた。

まだ、自分の指は衰えてはいない。まだ、やれる。

凍てついた土地を思わせる旋律を奏でながら、宮田は南斗にやって来た日のことを思い出していた。

たったひとりで、アイスブルーのキャリーケースを引いてきた日のことを。


はっと宮田がおもてを上げると、ステージの上では拍手が巻き起こっていた。

「ビックリした～ピアノ弾くって、こういうレベルだったんだ……」

「マジで宮田さん、すごくない!?」

由梨が興奮して目を輝かせている。真帆も悠も、いつものしらけ癖が嘘のように、はしゃいで手を叩いていた。驚いたことに、いつも自分に突っかかってばかりの馨が一番感動しているようだった。

まるで紙吹雪が空高く舞っているのを眺めているかのように、宮田はその新鮮な光景をしばし呆然と見上げていた。

「あんた、やっぱすごいわ」

傍らにいたみなみが、ゆっくりとハイタッチする。

その日、宮田に賛辞を送らなかったのは、奥沢叶だけだった。

6

実力テストの日の朝は、よく晴れていた。

いつも薄い色の南斗の空が、珍しく青く澄んでいた。問題を解き終えたタイミングで、宮田は窓の向こうの空を見上げた。今週の予報はずっと晴れだった。

今夜の流星群も、きっと観測しやすいのだろう。

予想していたよりもずっと簡単だった数学の問題を、宮田はもう一度頭から見返し始めた。

簡単ならば簡単で、最高点も平均点も上がってしまう。一問だって取りこぼせない。

そう思うと、どれもこれもミスをしているように思えてきて、筆算式を綴る右手が異常にすばやく動いた。

三度見直し、背を正して、ふと目の前に広がっている教室の風景を眺めると、みんな眠っているかのように見えた。

みな背を丸めて、同じ姿勢で、同じ制服で、同じ机に向かっているせいで、ひとり身体を起こすと、まるで自分だけが夢から覚めてしまったかのように思えた。

起きている人が、誰もいない。

宮田がそのまま教室の風景を眺めていると、目の端ですっと、誰かが目覚めた。

奥沢の背は、まっすぐだった。

一番前の席に座っている奥沢は、何が見えるわけでもないだろうに、すっ、と背筋を正して生真面目に前を向いていた。

それからしばらく、起きている者は宮田と奥沢だけだった。三人目が身体を起こすと、宮田は窓の向こうに視線を投げた。

鳶(とんび)がゆっくりと旋回している。その下のグラウンドは、土の色を取り戻していた。

いつの間にか季節は流れ、雪も解けて、南斗にも春が訪れていた。


四教科の試験がすべて終わると、すぐに放課となった。

「きのこたけのこ、どっち派？」

昇降口を出て数メートル行ったところで、宮田とみなみはいつも別れていた。校舎の裏手の寮に帰る宮田と、長いスロープを下りて正門へ向かうみなみの行き先は、真逆だった。

「……どちらかといえばたけのこ？」

いつもの分岐点で突然みなみに尋ねられた宮田は、沈黙の後にそう答えた。

「ウッソ、宮田たけのこ派か。あたしきのこ」

ならばたけのこも持ってきてやろう、とみなみが偉そうに言う。

帰宅前に今夜のおやつを買って行く予定らしいみなみは、流星群計画に乗り気になってしまったようだった。それがどうしてなのか、宮田はわからない。

「みなみ、本当に家抜けられるの？」

「わからんけど頑張るわ」

「もし寮出る時にみんな捕まっちゃって、みなみだけ学校着いたらどうすんの？」

「怒るよ。超怒る」

まあ、その時は奥沢と星空デートでもしますよ、とみなみが鞄を振り回す。

その奥沢こそ、本当に自転車で学校まで来られるのだろうか。

「奥沢さんの住んでるとこって、どの辺？」

宮田が尋ねると、ざっくり言うと空港寄り？　とみなみが首を傾げた。

「大した約束でもないんだから、断っちゃえばいいのにね」

暗に宮田が非難すると、急にみなみは大人びた顔で笑った。

「まあ奥沢も奥沢で、いろいろあるんでしょ」

あたし正直、冴島も館林も苦手なんだよな、とみなみが囁く。

「でもそれはそれとして、どうせ星観に行くんなら、好きなお菓子でも持ってこって話。宮田はたけのこ派ね、了解」

じゃー夜ね、とみなみが大きく手を振って、スロープまでを駆けて行く。

帰寮すると、部屋に由梨はいなかった。仮眠を取ろうと寝転ぶと、途端に眠気に襲われた。

ここ数日、宮田はあまり眠れていなかった。

リビングのソファで目覚めると、おびただしい数の手紙がテーブルに積み上げられていた。開封している間にもそれはどんどん増え続け、いつの間にか足元は手紙で埋め尽くされていた。

返事を書かないと、とペンを探しているうちに、手紙の嵩はまた増して、宮田はついに身動きが取れなくなった。このままでは窒息してしまうというのに、宮田は必死にペンを手探る。それでも手紙は増え続けるが、ペンはどこにも見当たらない。

早く返事を書かなければ。


「佳乃ー、夕飯行こー」

ベッドの下から由梨に呼ばれて、宮田ははっと目を覚ました。

「食堂閉まるから急げー。あ、さっき真帆たちと買い出ししてきたよ」

天井の蛍光灯がやけに眩しく感じられて、宮田はきゅっと目を細めた。おかしな夢を見たからなのか、中々動悸が収まらない。

辺りはすっかりもう夜で、星が降り始める時刻が刻一刻と迫っていた。


「あれ、宮田さん……」

消灯前点呼の際、杉本にまじまじと顔を見つめられて宮田はどきりとした。

普段は部屋を確認次第、さっさと出て行く杉本なのに、こんなタイミングで名前を呼ばれて、宮田は思わず息が止まった。

「なんですか?」

「目、充血してない?」

杉本が言うと、ほんとだ、と由梨も宮田の顔を覗き込んだ。

「試験、試験で根詰めてたからね。毎晩遅かったんでしょ？　自習室出るの」

寮の中で自習室だけは二十四時間開いている。寮生の消灯後の行動など知らないだろうと思っていた宮田は、杉本にそう言い当てられて驚いた。

「今日はゆっくり休んでね。あったかくして、しっかり寝て。じゃあおやすみなさい」

ひらひらと手を振って、杉本は部屋を出て行った。これから自分たちが寮を抜け出すだなんて、想像だにしていないだろう。

「今日のやつ、バレたらおスギも怒られるのかな」

思いついたように由梨が呟いた。

「……そうかも」

「バレないように頑張ろ」

真帆たちが100円ショップで買ってきたレジャーシートやお菓子は、すでにリュックにまとめられていた。防寒用の部屋の毛布も、折り畳まれて隣にあった。

それから五分も経たないうちに、真帆たちから連絡が来た。真帆と悠の部屋は廊下の奥にあり、一番最後に点呼が終わる。

全部屋の確認を終えてしまうと杉本は自室へ戻り、滅多なことでは出て来ない。

「真帆たちの部屋、いま点呼終わったって。馨も準備はオッケーだけど、同部屋の子が寝てから出るって。なので馨の合図待ちです」

「馨の相部屋って誰だっけ」

ふと宮田が尋ねると、あー、と由梨が名前をぼかした。

宮田と由梨、真帆と悠はそれぞれ相部屋同士だ。馨と相部屋の生徒だって、来ることになってもおかしくない。

「その子って今日、誘ってないの？」

「真帆が嫌って呼んでない。こないだマニキュア、先生にチクられたんだって。今日のだって、知られたら絶対面倒なことになるよ」

それ要警戒じゃない？　と宮田が懸念(けねん)を示すと、まあ大丈夫でしょ、と由梨が能天気に笑った。宮田が指の先でカーテンをずらすと、庭の灯(あか)りがふんわりと闇に浮かんでいた。


集合の合図が入ると、宮田と由梨はすぐに窓から外へと飛び降りた。夜の庭を建物沿いに進み、寮の裏へと回り込むと、真帆たちは生垣の前で待っていた。

「警報機、鳴らなくてよかったね」

リュックを背負った由梨が笑うと、実は裏で作動してるとかないよね？　と不安そうに馨が声を潜めた。大丈夫でしょ、と真帆がその心配性を笑い飛ばす。

宮田がスマホを確認すると、みなみからメッセージが入っていた。

「みなみ、もう出たって。早く行かないと向こうが先に着いちゃうかも」

自宅生の二人とは、旧宣教師館前で落ち合うことになっていた。旧宣教師館横の道路は、山頂まで繋がっている。

「確かに、東京よりは星が見える」

悠のその呟きに、宮田もつられて夜空を見上げた。

針の穴のような僅かな光が、真っ暗な闇に散らばっている。

「ちょっとー、星見るのは頂上着いてからにしようって。感動が薄れるよ！」

真帆が勝手に号令をかけると、じゃあ出発しよ、と由梨がスマホのライトをつけた。そのまま由梨が先頭に立ち、裏林の中に光を飛ばす。

夜の林は、真っ暗だった。

しばらくそのまま歩いて行くと、林の中にベンチが見えた。いつも昼休みに座っている、何の変哲もない木のベンチだ。闇夜のベンチに光を当てると、たちまちそれは不気味に見えた。

「肝試し要素強いね、これ」

うう〜、と由梨がふざけて低く唸ると、うわーっ、と馨が悲鳴を上げた。耳をつんざく大音量に、うるさい、と宮田は思わず怒鳴った。

「だって怖いじゃん！」

「怖くない」

宮田がそう言い切ると、佳乃はおばけとか怖くないの？　と由梨に尋ねられた。真っ暗な林の中で、ヒュンヒュンとスマホの光がすばやく飛び交う。

「おばけ？」

「幽霊とかさ」

この世にいるはずのないものよ、と由梨が楽しげに言った。

「……幽霊は、怖いかも」

「へー、意外。私は幽霊、見たい派だな。おじいちゃんとか会いたいし」

みなみからの着信が入ると、宮田のスマホの画面が光った。

『宮田！　いまどこ!?』

大音量で怒鳴りつけられた宮田は、反射的にスマホを耳から離した。

「まだ裏林。みなみは？」

『もう旧宣教師館の前！　超怖いんだけど、ここ！』

奥沢さんは？　と宮田が訊くと、まだだよ！　とみなみが早口で答えた。丁度、木々の向こうに教員駐車場の街灯の光が見えていた。


旧宣教師館前の花壇の縁に、ぼうっと明るい光が見えた。宮田がスマホを大きく振ると、脇目も振らずにみなみが駆け寄る。

「超おっそいよみんな!!」

「でも時間、丁度だよ」

宮田がスマホの時計を見せると、約束の二十三時四十五分だった。ぷうっと頬を膨らませたみなみが、宮田が抱えていた毛布に勢いよく両手を突っ込む。

「怖いわ寒いわで散々だよ！　あたしも家から毛布、持ってくればよかった」

それを聞いた馨が、あっ！　と大声で叫んだ。うるさい、と宮田がすぐさま言う。

「私、毛布、置いて来ちゃった！」

「……どこに？」

「部屋の窓の前」

窓の前に置いたまま焦って出て来ちゃった、と馨が手のひらで口元を覆った。

「……別に窓の前に毛布畳んでるくらいは」

「超不自然じゃない？」

「超不自然ではあるけど、夜のうちにちゃんと帰れば問題ないでしょ？」

一応フォローを入れつつも、宮田は馨の同部屋の生徒の話を思い出していた。

「ところで誰か、叶から連絡って来た？　時間過ぎてるけど」

由梨に言われてスマホを見ると、時刻は零時に近づいていた。

「もしかして、なんかあったのかな？　なんかあったんなら、やばいよね？」

呑気（のんき）な由梨とは対照的に、深刻な事態を想像したらしい馨が慌（あわ）て始めた。宮田も、奥沢は連絡もなしに遅刻するタイプではないだろうと思った。

「冴島さん、奥沢さんから連絡って来てる？」

宮田がそう尋ねると、真帆は面倒くさそうにスマホに目を落とした。

「家出た時にメール来てたよ。遅れてるだけじゃない？」

「いま電話してもらっていい？」

真面目な声色で宮田が言うと、真帆がぷっと噴き出した。

「宮田さん、マジになり過ぎ。もうちょっと待ってれば来るって」

「夜道で何かあったんならまずいでしょ？」

「どうせ携帯の調子悪いだけだよ。よくあるもん、あの子」

キッズケータイ、いっつも調子悪いんだよな、と悠が鼻で笑うと、ね、と真帆も笑った。

「いいから一回、かけてみてくれない？」

宮田が語気を強めると、真帆が呆れ顔でため息をついた。

その時、みなみが遠くを指した。

「あれ、自転車っぽくない？」

指し示す方向を宮田も見やると、濁った橙色(だいだいいろ)の光が裏門坂をゆっくりと登って来るのが見えた。少しずつ少しずつ、それは近づいて来る。

その顔が見えるよりも早く、澄んだアルトが暗闇に響いた。

「遅れてごめん！」

奥沢だ。

緩やかな傾斜を登り切ると、奥沢はふらふらと自転車を降りた。その周辺を由梨がライトで照らす。古びた赤いママチャリは、カゴがへこんで錆びていた。

「叶～心配した！」

馨が大声を上げて飛びつくと、奥沢もそのテンションを模した。ごめんね！　と張り上げられた声は、息切れして掠(かす)れていた。

「待たせてごめん！　間違えて一回、別の道行っちゃって……」

「ウソ！　大丈夫だった？」

「連絡しようと思ったんだけど、携帯、電源落ちちゃって……」

よほど急いだのか、珍しく奥沢は猫背になって、大きく肩で息をしていた。水とか飲む？と訊きながら、馨が街灯の下まで誘導する。

初めて目にした奥沢の制服以外の姿に、宮田はどこか引っ掛かりを感じていた。

「それ、絶対機種変したほうがいいよ。いっつも電池死んでるじゃん」

真帆がにやにやと笑いながら、奥沢の携帯を指差した。小型で丸みのある、子ども用の携帯電話だった。

「ね。最近、ずっと調子悪くって……」

「いつの機種？　もうスマホに変えなって」

一緒になって悠が言うと、ね、と奥沢がもう一度呟いた。

いつも学校で見ている姿よりもずっと、私服姿の奥沢は幼く見えた。ショート丈の水色のブルゾン。

「じゃ、揃ったし行きますか。寒くなって来たし、さっさと登ろ」

みなみのマウンテンバイクの隣に奥沢がママチャリを停めると、由梨が裏門坂へライトを向けた。旧宣教師館前の暗がりに、甘く金木犀が香っていた。

寮の室内履きで出て来た宮田たちは、足元がひどく冷えていた。路面の些細なでこぼこすらも、薄い靴底は刺激を拾う。

「キツネとかってさー、本当に出るの？」

ガードレールの向こうの木々に、光を飛ばしながら真帆が尋ねる。

「え、出るよ」

「ウッソ」

「全然いるよ、キツネ」

みなみが当然のように言うと、真帆が爆笑した。

「じゃあタヌキも出んの？」

「タヌキは見たことない。奥沢、ある？」

私もない、と奥沢も言う。このグループの南斗出身者はみなみと奥沢だけだった。

二車線ある山道には道幅があり、ぽつぽつと間隔を空けてオレンジ色の街灯が立っていた。

「クマは？」

「クマはさすがにあんま出ないけど……クマの出没情報が出て、土壇場で遠足の行き先変わったことはある」

「マジの北海道じゃん」

「北海道にマジとかマジじゃないとかないでしょ」

でも築山にはたぶんクマ出ないよ、とみなみが言う。

「人が作った山ってウワサ。本当の山じゃないんだって」

左へ曲がるカーブに沿って歩いて行くと、由梨のライトが前方にある縦長の看板の姿を捉えた。スピードおとせ、と手書きで書かれた赤文字は、なんとも薄気味悪かった。

うわ～昭和、と震え上がった馨を見て、一同は笑った。

「だって時代感じる文字とか絵って、なんかキモいじゃん……」

未解決事件って感じある、と宮田がぼそりと呟くと、怖いこと言わないでよ！　と馨が声を荒らげた。怖がりすぎだよ、と奥沢が笑う。

「叶はこういうの平気なの？」

「結構平気かな？」

「なんで〜怖いじゃん……」

「それは馨が想像力豊かだからだよ」

私は嫌なことは想像しないようにしてるから、ときれいなアルトが呟いた。

奥沢は一人だけ、ペンライトを握っていた。眩むようなスマホのライトの傍らで、その光はか細かった。

「奥沢さあ、親大丈夫だった？」

前列を歩いている奥沢に、みなみがそう声をかけた。

「うん。うち、お母さん寝るの早いんだ」

「じゃあ普通に玄関から出たんだ？」

「そう。森さんは？」

「居間、めっちゃ電気付いてたから、普段履いてない靴履いて勝手口からこっそり出て来た」

玄関の靴でバレたらやだなと思って、とみなみが自身の足元を照らす。黒地に白ラインが入った、新しそうなエナメルのスニーカーだ。学校には着て来ていない真っ赤なダッフルコートも、みなみによく似合っていた。

みなみは着る物に金をかけてもらっているのだろうと、ふと宮田は気がついた。よく周りを見てみれば、真帆や悠もそうだった。わざわざ娘を遠方の学校に入れる親なのだから、ある程度余裕がある家ばかりなのだろう。

宮田のライトは、少し前を歩いている奥沢の背を照らしていた。

水色のブルゾンは、ぼけた色味をしていた。制服の時はこれ以上なく映えているショートカットが、今はただの飾り気のない短髪に見える。

いつものイメージとのずれがあるんだ、と宮田は気がついた。

「絶対これ、寮から見ても変わんなかったね!? 星」

山から吹く風の冷たさに爆笑しながら、真帆が大声で叫んだ。いま言うなよ、と悠が毛布を身体に巻きつける。

針の穴のような星の光は、それ以上大きくはならなかった。

「田舎ってもっと星、おっきく見えるんじゃなかったの?」

「まあここ、いうて国道から近いし」

でかい道路って夜でも結構明るいじゃん、とみなみが訳知り顔で言う。国道沿いには深夜営業をしている巨大なパチンコ店があり、その一角には二十四時間営業のチェーン店も並んでいた。

「それでも東京よりは見える? 星」

みなみに訊かれて、わかんない、と宮田は答えた。一瞬、自宅のピアノ室から見える夜景が過ぎったが、あそこから見えるものは星なんかではなかった。

「星ってさー、何万年とか前の光がいま届いてるんだよね」

ぼんやりと夜空を仰ぎながら、みなみが宮田に確かめた。距離による、と宮田が言うと、ふーん、とみなみが両手を挙げた。

「じゃあ、もしあの光が宇宙人からのSOSなら、もう相当手遅れだよね」

ふざけて宇宙に手を振るうちに、みなみは大きくよろけてしまい、宮田の側へ転倒しかけた。

最後のカーブを曲がって傾斜のきつい坂を越えると、殺風景な原っぱが広がっていた。

山の頂上には、小さな建屋のほかは何も見当たらなかった。

「もしかして、あれが放送局？」

テレビ局みたいなのの跡地想像してたんだけど、と真帆が呟くと、そんなの南斗にあるわけないだろ、とみなみが呆れ顔で突っ込んだ。

「築山テレビジョン中継所……」

由梨が建物の名称を読み上げると、そもそも放送局でもねえんじゃん、と悠がぼそりと呟いた。完全にシャッターが下りた箱型の建屋は、なんの面白みもない。

建屋を囲むフェンスの周りをうろつきながら、一同は何かを見つけようとした。

「ここってさー、なんで閉まったの？」

真帆に質問されたみなみが、アナログ放送が終わったからなんだって、と答えた。

「なんでアナログ放送終わったら、閉まっちゃったの？」

みなみにそっぽを向かれた真帆が、宮田さん知ってる？　と尋ねる。

「知らないよ」

「デジタル放送で一局ごとのカバーエリアが広くなったから」

宮田がそう答えると、真帆はさらに説明を求めた。

「つまり？」

「他の局が、ここの局の分まで仕事してくれるようになったから、ここは必要なくなった」

やっぱすげーな宮田、とみなみが隣で感心している。

山頂の端は鬱蒼とした木々に覆われていて、町の夜景を見下ろすこともできなかった。これではドライビングスポットにもならない。

ここ、本当になんにもないんだね、とみんなが繰り返すのを聞いているうちに、なんだか宮田もむなしくなった。

「いいじゃん、何もないほうが観測しやすいでしょ。星」

唯一、目的を達成しようと張り切っている由梨が、意気揚々とレジャーシートを広げ始める。まだここいるの？　と真帆が言うと、だってお菓子も買ったじゃん、と由梨がリュックの中身を撒いた。

車座になって身を寄せ合い、厚い毛布に包まると、少しだけ風がしのげた。

「星、さっきから一個も動いてなくない？」

堪え性のない真帆の言葉に、そりゃ毎秒動きはせんでしょ、と馨がぶぶっと噴き出した。春の星座ってどんなんだっけ、と由梨が空高く手を伸ばす。

宮田も星を見上げると、夜空は荒れた海のように深く暗い色をしていた。一瞬、また自分がどこにいるのかわからなくなる。

「全員、ライト消してみよ。試しに一回、真っ暗なのが見てみたい」

由梨がそう提案すると、次々とライトが消えていき、すべてが真っ暗闇になる。

土の匂いが漂う中で、宮田は最後の光を消した。

「うわ、暗」

「私、あれと勘違いしてたかも、流星群」

暗闇の中で真帆が言う。

「なに？」

由梨の声だ。

「北極とかのさ」

「クマ？」

「オーロラ」

全然違うじゃん、と馨が突っ込む。

「イメージだよ、イメージ」

「イメージでも全然違うって」

みなみがわざと呆れたような声を上げている。

「オーロラとか流星群って、似たようなコーナーに写真集置いてあるじゃん。本屋で」

「置いてないよ」

由梨が笑う。

「え、あるよね？」

「言いたいこと、かなりわかる」

真帆の肩を持ったのは悠だ。

「わかるよね？」

「わかる」

「それ東京だけだよ」

みなみがからかうと、場所関係なくない？　と真帆が笑った。

「もっと、わーっ、て出ると思ってたんだよね」

「星があ？」

「そう」

「出ないよ」

みなみが笑っている声がする。誰かが、スナック菓子を手探っている音も聞こえる。

「だってトッキー、それっぽいこと言ってたよ」

「言ってないよ」

奥沢が珍しく口を挟んだ。

「なんかさ、ちょっと眠くない？」

真帆の欠伸（あくび）に、寝たら死ぬぞ、と悠が笑う。

「てか宮田、寝てない？」

みなみに雑に揺すられて、寝てないよ、と宮田は答えた。

「うそ、宮田さん寝てんの？」

寝てないって、と宮田が悠に言い返す。

「佳乃、声が寝てる」

由梨まで何を言うんだろう、と宮田は思った。

「佳乃、昨日も遅くまで自習室いたっぽいからさー」

「え、今日のテストで？」

「実力テストってわざわざ勉強とかするもんなんだ」

さすが六啓館、と真帆に揶揄まじりに囁かれ、宮田は胸がじりっとした。

「宮田さん、やっぱ東大とか行くのかな。もしくは医学部？」

「行けんじゃん？　家もお金持ちっぽいし」

「そうなの？」

「わかるじゃん家がどうかとかそういうの、雰囲気で」

聞こえてるぞ、と思いながらも、まぶたが重くて上げられない。

「えっ私も医者志望なんだけど……」

馨に命を預けたくないな、と宮田は思った。

「馨に診察されんの怖いよ」

「怖い怖い」

真帆たちの野次に馨が唸ると、まあ馨も十分賢いから、と由梨がフォローを入れた。

「ていうか、あたしに比べたら全員賢いよマジで」

みなみが自虐で場を茶化す。

「宮田さんは東大、馨が医学部。としたら、じゃあ叶はどこ行くの？」

からかい半分に真帆がそう尋ねたのが聞こえて、宮田は我が事のように腹が立った。

なんで来たんだ。

どこへ行くんだ。

いつだってそんなことばかりだ。どこにいても。


「私も東京大学に行く」


宮田が目を開けると、夜の色は荒れた海のように濃いままだった。

「……さっすが首席じゃん」

そう揶揄しながらも、真帆は驚いているようだった。奥沢のその発言からは、野心のようなものが感じられた。

異常に強い眠気の中で、宮田はおかしなことを考えていた。

奥沢叶も『東大のピアノ科』を目指しているのだろうか？　だから、旧宣教師館でピアノを弾いている時に、あそこまで睨みつけてきたのだろうか？

「叶なら絶対行けるよ！　ていうか、もっとすごい感じだよ。東大卒美人なんとかみたいなさあ、あるじゃん、有名人の肩書で」

馨の単純すぎる言葉が、場の笑いを誘った。山頂に吹きつける夜風は、真冬のようにつめたかった。

「叶はさ、絶対もっとすごいよ。なんなのかはわかんないけど、叶は絶対に、すごい人になれるよ」

眠る肩をみなみに預けながら、宮田は手袋の中の手をぎゅっと握りしめていた。母譲りの大きな手が、凍えてしまわないように。

7

星見寮、という文字がスマホの画面に光った瞬間、場の全員が硬直した。眠気なんて吹っ飛んでしまって、宮田も思わず生唾(なまつば)を呑んだ。

杉本に気づかれたのだ。

「……電話出るしかないでしょ、もう」

コールが止まない馨のスマホを宮田が指すと、私に押し付けるの!? と馨が怒鳴った。

「いま出ないほうが大ごとになるでしょ?」

「なんで私が出るの!?」

「あんたの電話だから」

私が出ようか? と由梨が手を差し伸べると、観念したように馨が通話ボタンをタップした。

『北野さん!?』

いつになく切羽詰まった杉本の声が、光るスマホから漏れ聞こえた。

「はい……」

『よかった! いまどこにいるの!?』

「あの、すいませんでした……」

『いいから！　あなた、いまどこ!?』

山です、と馨が消え入るような声で呟くと、山ぁ!?　と杉本の動転した声が暗い山頂に響いた。

『山、山ってなに。なんの山？』

「学校の裏の道上がったところの、放送局がある……」

『放送局!?』

放送局じゃなくて中継所だ、と建屋の影を遠くに見ながら、宮田は申し訳ない気持ちでいっぱいだった。こういう場合、やはり杉本が責任を問われてしまうのだろうか。

『なんでそんなところに……いま北野さんひとり？』

「寮生が五名と、自宅生が二名です」

ありのままを伝えてしまった馨に、自宅生のことまで言うなよ！　とみなみが慌てた。あ〜あ、と由梨もため息をつく。

『……そこに築山生以外の人もいるの？』

こちらのテンションとは対照的に、杉本の声はいきなり低くなった。いえ、と馨が否定すると、電話の向こうの緊張は少しだけ和らいだ。

「流星群が見られるって聞いて、みんなはしゃいでしまって、せっかくなら高いところに登ったほうが沢山見られるんじゃないかって……はい。寮生は、羽鳥と北野と、宮田と……」

途中から電話を代わった由梨が、杉本に経緯を説明していた。星を沢山見るどころか、宮田たちはまだひとつの流れ星も見つけられていない。

「あ、自宅生の名前もですか？　えーっと……」

通話口を押さえた由梨が、困ったように宮田を見つめた。仕方なく宮田が頷くと、由梨がみなみと奥沢の名前を告げる。

「ウ～ワ、馨のアホ……」

みなみが恨みがましく馨を睨むと、ごめんって！　と馨がコントのように両手を合わせた。親にクソミソにどやされる、とみなみが大きくため息をつく。

同じく自宅生の奥沢は、露骨な怒りは見せなかった。

「仕方ないよ、みんなで来たんだし」

親が親が、とみなみがしきりに繰り返しているせいで、考えてみれば奥沢にも親はいるんだよな、と宮田はふと考えた。当たり前のことながら、奥沢叶も人の子なのだ。

「はい、はい。本当にすみませんでした。母の電話番号は……」

状況にそぐわない凜とした声で、奥沢が電話を代わる。

宮田がそれを盗み見ると、一瞬、その美しい横顔が禍々しいまでに醜く歪んだ。

「どうしたの宮田」

みなみに袖口をクンと引かれて、宮田は現実に引き戻された。

「いや、まだ眠くて……」

「ウソだろ、この状況で」

宮田の心臓はばくばくと、いま見た恐怖に逸っていた。

奥沢がみなみに電話を回す。その穏やかな表情は、楚々としたいつもの奥沢だった。あまりに一瞬で、突然のことだったので、それが本当に起きたことだったのか、宮田は自信が持てなかった。

旧宣教師館での激しい嫉妬。電話口での表情の変貌。

奥沢があの取り澄ました笑顔の向こうに隠しているものとはなんなのだろう？


警備の車が山頂に着くまで、時間はそうかからなかった。車輛の音が近づくにつれ、宮田は元いた世界に戻って来たかのような妙な感覚に襲われた。

警備服を着た初老の男性が、運転席から顔を出して人数を数える。

「寮母さん心配しちゃって、寒いのに外で待ってるから。ちゃんと全員、謝んだぞ。とりあえず四人、乗れる人から車乗って」

じゃあ先に乗ろ、と由梨が真帆と悠の手を引いた。助手席へ乗り込んだ馨が、無表情でみなみに手を振っている。由梨たちと一緒に、リュックや毛布やレジャーシート、ここにあった何もかもが車の中に積み込まれていった。

男から大きな懐中電灯を受け取った宮田は、ぼんやりとそれを抱きかかえた。

車が山を下りて行くと、辺りは再び静かになった。

電話が鳴ってからの数分間や、その前のお喋りが幻だったかのように、そこには何にもなくなった。

「あ、たけのこ」

たけのこの里、忘れてた、と寝ぼけたようにみなみが言った。

「車、すぐ来るかな？」

「来るよ」

「でもちょっとくらいは時間あるよね」

みなみがボディバッグのファスナーを開け、俯いて中を手探った。

その時、宮田は夜空を見ていた。

だから、仰いだ星のひとつが、ヒュッ、と短く焼け落ちたのを、偶然捉えることができた。

「あ」

「あ」

感嘆が重なったことに驚いて、宮田は咄嗟に隣を見た。

「……いま、なんか落ちたよね？」

同じ方角の夜空を眺めていた奥沢が、宮田にそう確かめる。

「たぶん……」

いま観たばかりの光景を信じることができなかった宮田は、曖昧にそう答えた。落ちたよ、と奥沢が強く繰り返す。

いつになく熱を帯びた眼差しで、奥沢叶は暗い夜空をじっと見つめていた。

「え、なに？」

遅れて顔を上げたみなみの手には、宮田が好きな菓子の箱が握られていた。

「観たのかも……」

「何を？」

流れ星、と呟くと、みなみが慌てて夜空を見上げた。彼方から届く星の光は、もう何も動かない。

「え、あたしだけ見逃した!?　奥沢も観たの!?」

「観た」

たぶん、と奥沢も語尾にくっ付けた。や〜だ〜、とみなみが子どものように身体を揺する。

「宮田、なんか願いごとした!?」

「そんな時間ないよ、ほんと一瞬だったから」

「え〜もう本当やだ……」

あたしっていっつもこんなんばっかだな、とみなみが悔しげに俯いた。

警備の車が戻るまで、三人はずっと星を観ていた。走行音が聞こえて来ると、時間切れだ、とみなみがうな垂れた。その隣で、奥沢はいつもの微笑みを浮かべていた。

その横顔を見つめながら、宮田はさっきの形相を思い出していた。

車のヘッドライトが枯れた空き地を真白く照らす。その大きな光の中で、水色のブルゾンはさらに色褪せて見えた。

奥沢には似合わない、古びた幼い子ども服。

寝起きの杉本は血の気が引いていて、唇が白かった。

「森さんと奥沢さんの親御さんにはもう連絡してあるから。とりあえず中に入って」

「あの、すみませんでした」

蚊(か)の鳴くような声で宮田がそう呟くと、靴、拭(ふ)いてから入りなさい、と杉本が言った。足元を見下ろすと、上履きの白いバレエシューズに土がついて汚れている。

夜の暗さに慣れた目には、寮の玄関先の灯りですらひどく眩しかった。

宮田たちがロビーに入ると、先に着いていた真帆と悠がソファから手を振った。寮の中は暖房が効いていてあたたかく、冷えた手足が弛緩していく。

「おスギの説教タイム、みなみは免除かも。さっきおスギが電話してたから、もう親、来るんじゃない？」

「そっちのほうが何万倍もやだ……」

宮田が引き戸のガラス越しに玄関を見ると、杉本はまだ外で警備員と話し込んでいた。

「ちなみに案の定、馨のドジでバレたようです」

悠がにやつきながら言うと、強風のせいでしょ、と馨が慌てて言い訳をした。

馨の部屋の窓が強風で開き、目を覚ました相部屋の生徒が馨の不在に気がついたのが事の発端らしかった。寮の窓は外からは押して閉めることしかできなかった。

「窓際に不自然に毛布が置かれてて、強風が吹き込んでる部屋からルームメイトが消えてたら、そりゃ驚くわ」

「でもそこですぐ寮母に言いに行く？　普通」

ロビーの大きな鳩時計(はとどけい)から、無音で鳩が飛び出した。まだ一時だった。山で過ごした時間は一時間にも満たなかったのだと知って、宮田は化かされたような気持ちになった。

「森さん、お母さんいらしたから」

杉本がロビーに顔を出すと同時に、引き戸の向こうに見慣れない人影が見えた。げっ、とみなみが顔を顰める。

「みなみ！　あんた何やってんの！　またバカみたいなことして！」

みなみの母が、大きく身体を前のめらせて玄関からロビーを覗いた。迫力ある体格が、茶のロングダウンを膨らませている。

「もう信じられない、本当にあんた、寮生でもないのにこんな迷惑かけて！　何やってんの、このバカ！」

「いや、すいませんて……」

寮母さんに謝んなさい、と母にがなられて、みなみが玄関へ駆けて行った。もう本当にバカ娘で、とみなみの母が繰り返す。

みなみが言ってた通りの人だ、とそれを見ながら宮田は思った。

「お母さん、あの、他の寮生が寝てますので……」

「そうですよね！　すみません、非常識で！　重ね重ね、もうこの度は本当に……」

母と杉本のやり取りをよそに、みなみは一度ロビーへ戻った。じゃ、帰んわ、と勢いなく、みなみが宮田の手にタッチする。

「今日はお疲れ」

「本当それ。そっちも説教タイム頑張って。あ、そうだ」

みなみは真っ赤なダッフルコートのポケットから菓子の箱を取り出すと、はい、と宮田に手渡した。

「いいの？」

「あたし、きのこ派だから」

行くよ、と玄関から叫ばれて、じゃ明日ね、とみなみがスリッパで小走りに急いだ。その背に宮田も、明日、と言う。

こんな事件が起きても起こらなくても、明日はただの平日で、寝て起きたら朝が来る。

それは明日も明後日（あさって）も、来週も来年もきっとそうで、どこへ行っても誰が死んでも、かならず明日はやって来る。


静けさが戻った深夜のロビーで、杉本は切々と話し始めた。

「遅いからもう寝て欲しいのは山々なんだけど、さすがにお説教をさせて。みんなで示し合わせて行ったの？」

はい、と返事がばらばらに散らばる。宮田はタイミングを逃してしまって、何も言うことが出来なかった。

「大丈夫だ、って思ったから、夜中に山なんて行ったのよね？　自分たちなら大丈夫だって、本当に思ったの？」

「その時は……」

由梨が率先して答えると、全然大丈夫じゃないよ、と杉本が厳しく言った。全然大丈夫じゃありません、と強い口調で繰り返す。

「もしも、途中で誰かに会ったらどうしてた？　怖い人に車に乗せられそうになったら？　この中に誰か、それに立ち向かえる人はいるの？　人数が多いから平気だとでも思った？　それとも、もう中学生で、子どもじゃないんだから、なんでも出来るとでも思ったのかな」

その浅はかさが、あなたがたが子どもである証拠です、と杉本は言った。

「あなたがたはもしかしたら、自分はもう子どもじゃないと思っているのかもしれないけど、あなたがたはまだまだ子ども。その弱さや幼さにつけ込んでくる悪い大人だって、世の中にはたくさんいるのよ」

宮田は杉本の目を見ることが出来ず、土の色が残る上履きの先をずっと見つめていた。

「奥沢さんは、おうちが真川なんだって？」

すぐ隣に視線をずらすと、来客用のスリッパを履いている足が見えた。

「あそこから自転車でなんて、遠かったでしょ。長い夜道をずっとひとりで、あなたが一番危険だった。どうして他の人は止めてあげなかったの？」

「でも叶が来たいって言ったんです」

ね、と真帆が奥沢に目配せをする。そういう問題じゃないでしょ、と杉本がそれを叱った。

スリッパを履いた奥沢叶は、何も言わずにじっとしていた。

さっき目にした流れ星の光が、ヒュッ、と静かに脳裏を過ぎる。

「あ、来たのかな」

おもてに車の気配がすると、杉本が玄関へ出て行った。真帆たちもすぐに引き戸に駆け寄る。誰もが奥沢の母親に興味があるようで、宮田もつい、外の様子に耳をそばだてていた。

しかし当の奥沢は、まだロビーに残っていた。ふたりきりになったのがなんとなく気まずく、宮田は間を持たせるために適当な話題を振った。

「自転車って、どうするの？」

その刹那、害虫を握り潰す時のような表情にその美貌は歪んだ。

「え？」

顔を上げた奥沢は、もういつもの奥沢に戻っていた。

「あ、自転車。どうするのかなって……」

「うちの車、たぶん載せられないですって言ったら後日でいいって」

「そう」

徹底した殺意がその目に浮かび上がった瞬間を、宮田は確かに目撃した。それは星が燃え尽きるのよりも、一瞬のことだった。

幽霊でも見たかのように、心臓が跳ねている。どくどくと動悸が止まらない。

奥沢ほど、築山学園の制服が似合う生徒はいない。初めて壇上で姿を見た時から、宮田はそう思っていた。佇まいに知性があり、話す声は凛として、大人びた品をも携えている。

鮮烈だった入学式を、何故か宮田は思い出していた。

「かーなちゃん！」

溶けた飴のような甘ったるい声が聞こえて、咄嗟に宮田は玄関を振り返った。

「どーしたの、ママビックリしちゃった。似合わないことしてえ。戸越さんも心配してるよ？」

　挨拶もなく寮の中に入ってきた派手な風貌の女を見て、思わず宮田は息を呑んだ。素っ頓狂な声色が、これ以上なく場違いだった。自分だけでなく、真帆たちも驚いているのが雰囲気でわかる。強烈な違和感に、ロビーの空気が凍りついた。

　また奥沢の顔が醜く歪むのではないかと、宮田は怖かった。

「心配かけてごめんなさい！」

　けれども、奥沢はいつも通りに完璧な少女を演じてみせた。まるでこの空間に、何の問題もないかのように。

　それを見て宮田ははっとした。

「も～本当にビックリした。やめてよね、そんな子じゃなかったじゃん。どの子に誘われて行ったの？」

「私が無理言って、みんなに交ぜてもらっただけだから……」

　砂嵐のような不快感が突然、鮮やかに結像した。

　私と、奥沢は似ている。


　謹慎を受けた三日間のうちに、第一回実力テストは返却された。

　総合首位は宮田佳乃、次席は奥沢叶だった。

奥沢叶　十二歳の夏

1

　ぽとり、粘性の液体を鍋の中にひねり落とすと、それはすぐにカレーの海の中へ消えた。

　奥沢叶は、手の中の銀色のチューブをさっとポケットに隠すと、そのまま何事もなかったかのようにおたまでカレーをかき混ぜた。調理実習の時と同じように細かく切った具材が、時おりルウの水面を突いて出てくる。

　台所の蛍光灯はやけに明るく、その白けた光の下ではすべての色が剝がされていく。

「いい匂いするなあ」

　お母さんより料理うまいもんな、と居間で足を伸ばしている男から声をかけられて、奥沢は曖昧な笑みを浮かべた。

「そんなことないですよ」

「謙遜しちゃって。しっかし麗奈、遅えな。どこまで出てんだろ」

「先、食べてますか？」

奥沢が気を利かせると、男はニカッと破顔した。

戸越純矢は母の勤め先の建設会社の社長で、この家に頻繁に出入りしていた。歳のわりに身体は締まっており、整った顔立ちをしていたが、中学生の奥沢からすれば疎ましい中年男以外の何者でもなかった。

母がコンビニへ出てしまい、アパートには戸越と自分だけだった。度々訪れるこの瞬間が、奥沢はたまらなく嫌だった。

「ん、うまい！」

大口を開けてカレーを食べる戸越の顔を、奥沢はじっと見つめていた。

「どうですか？」

「うまいよ。なんかコクがある」

胡座をかいている戸越の傍らには、動きの止まった家電があった。奥沢がちら、とそれを見やると、意図を拾わず戸越が笑う。

「これ、いいだろ」

ルンバ、と戸越が丸い掃除機を撫でた。

「すごいですよね」

「だろ？　絶対便利だからさ」

ありがとうございます、と奥沢が唱えると、歯を見せて戸越は笑った。この狭く散らかった家には必要ないだろう高級家電を、これ見よがしに与えてくるような男だった。

　この家の中には、こんなものばかり溢れている。

「や〜だ〜、足グッチャグチャ……」

　慌ただしく玄関のドアが開き、母の麗奈がずぶ濡れで帰宅すると、途端に家の中がやかましくなった。閉まっていくドアの向こうに雨の音が消えていく。

「うわ、すげえな」

「降るなんて言ってなかったのに〜今日」

「夕立ちか。夏だなあ。そのまま風呂、入っちまえば？」

　麗奈がひと思いにタイトスカートのファスナーを下ろすと、剝き身になったパンストが生々しく覗いた。

「おーい、俺メシ食ってんだけど」

「何よー。汚いもんじゃないでしょ？」

　狭い部屋に、夕立ちの生臭さが立ち込める。カレーの匂いとそれが混ざって、むっとする不快感が心の内を引っ搔いた。

　大人の笑いに挟まれるとき、奥沢は身を置く場所がない。

「……お風呂場、行ったら？」

　奥沢がそう促したにもかかわらず、麗奈はその場でスカートを全部下ろしてしまった。この間取りでは、シャワーの音から逃れることもできない。

「かなちゃん、全然食ってないじゃん。ダイエット？」

麗奈が風呂場へ消えた後、戸越がからかうように囁いた。

「ちょっと食欲なくって……」

「カレーだもん、食ったら逆に食欲湧くって」

俺はおかわりしよ、と立ち上がった戸越が鍋からカレーをよそっているのを、奥沢はじっと観察していた。

夕飯を済ませると、奥沢は夏期講習のプリントを机に広げた。机と言っても、横置きのカラーボックスの上をそう呼んでいるだけだった。

「ねえこの子、また整形してない？」

「え？　どいつ？」

「絶対これまた鼻、いじったよ。あたし目ざといんだ、こういうの」

テレビのタレントを指して得意げに笑う母の声を聞き流しながら、奥沢は辞書を引き続けた。明日は小テストがある。そろそろ夏休み明けの試験対策だって、始めなければならない。

「ねえ、観ないの？」

団欒（だんらん）に交ざらず、背を向けてひとり勉強していると、つまらなそうに麗奈が言った。

「うん。宿題あるから」

「ふーん、偉いねー。誰に似たんだろ……」

あの中の誰かが頭いい男だったのかな、と無神経なひとりごとが聞こえる。それからすぐに、麗奈はまたテレビに釘付（くぎづ）けになった。

時おり、奥沢はポケットの中の小さなチューブに手を伸ばしていた。鍋の中に垂らした絵の具が入っている、銀色のチューブだ。

絵の具の中には毒性が強く、害があるものもあるのだという。しかし、それはプロが使うような高級品の話で、中学生が図工で使う絵の具には、当然ながら毒など含まれてはいなかった。食べても誰も、死にはしない。

だから自分がそれを料理に混ぜても、母も戸越も生きていた。

「なんでみんな同じ失敗するんだろうね？　こんなに目頭切ったら、不自然じゃん」

「俺はぱっと見わかんねえなあ、そこまで」

それでも奥沢はアミュレットに縋るかのように、毒のない絵の具のチューブを密かに撫で続けていた。


「では次の問題文を、ミズ宮田」

「はい」

窓から吹き込んで来る真夏の風が、ぱらぱらとノートを捲る。それを左手で押さえ付けながら、奥沢は窓際後方の席を盗み見た。

教師に読みを当てられた、長身の生徒が立ち上がる。

「Mom, Where are you? I'm in your room. What's happened? Where's my favorite toy? It's not in my box.」

それはごく簡単な文章だったが、妙に発音が上手く、こなれていた。

宮田佳乃は、クラスで異質の存在だった。

「毎度、謎に上手いよね」

絶対なんかやってたよな、と前の席で館林悠がぼそっと呟く。あー、とその隣で冴島真帆が頷いた。

「あと音楽やってる人って耳いいらしいじゃん」

「宮田さん、ブルジョワだかんな」

そこの二人、と教師に指摘されると、真帆と悠が目を合わせて笑い合った。

築山学園の夏期講習も終盤に差し掛かり、夏休みはもう半ばを過ぎていた。あと数日もすれば晴れて自由の身となる生徒たちは、すでに弛緩し切っていた。

乾いた風が教室に吹き込むと、カーテンが大きく膨らんだ。遠くに聞こえる芝刈り機の音が、かえって静けさを感じさせる。

まるで夢の中にいるみたいだな、と、奥沢は学校にいるとよく思う。

教室掃除の最中、奥沢が念入りに黒板消しをかけていると、雑巾(ぞうきん)を持った北野馨が騒がしく駆けて来た。

「ねー、叶もこの後、一緒に行かない？　本屋行くんだけど」

「ツキヤマ？」

「ううん、国道沿いのブックパレス。本屋ってか古本屋だけど。探してる漫画あるんだよね」

いいよ、と奥沢が答えると、やったー、と馨が抱きついた。スキンシップが激しい生徒は馨に限らず多かった。

「ほか、誰が行くの？」

「みなみ」

馨が限定的にそう言うと、教室の後方から森みなみが突っ込みを入れた。

「宮田も行くよ」

「宮田も来んの!?」

「行くっつの」

みなみが繰り返すと、ええ〜……と、わざとらしく馨が不満を漏らした。当の宮田はそれに構わず、ロッカー前を掃いている。

「馨、エロマンガが欲しいんだって」

「え？」

何食わぬ顔で宮田に言われて、奥沢はぎょっとした。

「おい！　違うだろ」

慌てて馨が否定すると、違くないでしょ、と宮田が淡々と言い返した。

「みなみに借りたけど、あんなのエロマンガじゃん……」

「はあ〜？　全然ピュアなラブストーリーなのですが!?」

くだらない諍い（いさか）を遮るように、奥沢は黒板消しクリーナーのスイッチを入れた。ぶうん、と轟音（ごうおん）が響き渡る。

「途中、どっかで昼でも食べてく？　マックとか」

騒音の中、みなみが大声で提案すると、そうしよっかー、と馨も声を張り上げた。

どきっとしながらも奥沢は、つとめて平静を装った。肯定的に微笑みながら、焦りを心の奥底に閉じ込める。

「その辺りって、他になんか食べれるとこないの？」

クリーナーの電源を切ると同時に、宮田がぼそりと呟いた。すかさずみなみが釘を刺す。

「宮田のお気に召すようなもんは何もないよ」

「マックか……」

「贅沢を言うな中学生」

宮田がゴミをひと所に集めると、みなみがさっとチリトリを構えてその場にしゃがんだ。阿吽の呼吸だ、と奥沢は思う。

「奥沢はどーする？　昼」

ゴミ箱にチリトリを傾けながら、みなみが明るく振り向いた。

「どうしよっかな。お昼ごはん、たぶんお母さんが用意してくれてると思うから……」

「そっか。じゃ、先にブックパレス行って、昼なし族だけマック行こ」

麗奈がそんな気の利いたことをしてくれているはずはない。お金がない、と言うのが嫌で、飛び出して来た方便だった。

奥沢は家のあれこれを、誰にも言ったことがない。

帰る頃、廊下にはもう他の生徒たちの姿はなかった。

「ブックパレス、結構広いらしいよ。みんなは探してる本とかないの」

階段を駆け下りながら馨が尋ねると、あたし今ないな、とみなみが答えた。

「宮田は？　あんた漫画とか読むの、そもそも」

からかい口調で馨が言うと、気だるげに宮田が口を開いた。

「漫画がどうっていうか、私、ああいうとこのはあんまり……」

その馬鹿にした物言いに鳥肌が立って、奥沢は宮田の背を凝視した。

「出たぞ～宮田の潔癖」

「だって知らない人が触った本でしょ」

「んなこと言ったら図書館の本だって全部そうじゃん」

みなみが笑い飛ばすと、だから図書館もあんまり、と宮田が大真面目に言った。

「日焼けとか、黄ばみとか、なんか生理的に無理」

「これから買う、っつってる人の前で言うか!?　それ」

その馨の怒りはいたってコミカルだった。わざとらしいみなみのため息だって、ただのふざけた相槌(あいづち)に過ぎない。

個人的な怒りに震えているのは、奥沢ひとりだけだった。まるでみずからの悪行がばれたかのように、寒気がする。

「奥沢って漫画とか読むの？」

「あんまり。探してる本ならあるから、探そうかな？」

「本か～。なんかさすがって感じ」

愛想よく答えると、みなみが妙に感心した。何かを誤解されていることに気づきながらも、奥沢はそれを否定しなかった。

学校ではいつだって、こういう役でいたかった。善良で、頭が良くて可愛らしい、完璧な女の子。それを演じ抜くためには、何だって厭わない。

「宮田さー、学校戻ったらピアノ弾きに行く？」

「一応」

校門前のスロープを下りて行く間、宮田とみなみの会話は嫌でも耳に入った。古本の怒りはまだ止まず、二の腕の鳥肌も消えない。

理想的な学校生活を手に入れることが出来た奥沢は、それに満足すると同時に、時々激しい嫉妬にも駆られた。

宮田のような、本物を目の当たりにする度に。

2

世界で一番、暗い場所はどこだか知ってる？

それは、ステージを見つめているときの舞台袖。

まばゆい光を浴びて、素晴らしい演奏をしているほかの誰かを見つめているとき、わたしは世界で一番暗い場所にいる。


文庫本のページをめくると、上から臭いが降って来た。暗く湿った物置のような、古い本の寂しい匂いだ。

奥沢は自宅の畳の上で、仰向けに本を読んでいた。

もう何百回読み直したかわからない、ぼろけた少女小説を。

小学生の頃に地域図書館で貰ってきたこの除籍本を、奥沢は大切に読んでいた。今どきの本ではないのが、絵柄を見ればすぐわかる。光沢を失くした表紙は角が取れ、紙には年月の色が染み込んでいた。

奥沢はクライマックス直前の、このシーンが好きだった。ピアニスト志望の主人公が、コンクール直前に舞台袖で孤独に蝕まれてしまう場面だ。自分とは何もかもが違う、恵まれた本の中の少女と、どうしてかこの瞬間だけは分かり合えるような気がするのだ。


手早くひとりの夕飯を終えた奥沢は、珍しく勉強以外のノートを開いた。誰にも見せたことがない、少女小説の挿し絵を模写するためのノートだ。十数ページごとに挟まれている挿し絵のどれもを、何度も真似して描いていた。

大粒の瞳を描いているとき、奥沢はいつも真剣だった。絵に没頭している間、奥沢は虚構の世界にいた。ここは大ホールのステージの舞台袖であり、辺りはしんとして暗く、遠くから光が漏れていた。

少女が弾くグランドピアノの曲線を描いていると、ふっと嫌な場面が頭を過ぎった。

私、ああいうとこのはあんまり……。

一度嫌なことを思い出してしまうと、次から次へと苦々しい気持ちがよみがえった。ファストフードが嫌いなこと。やたらに英語が上手いこと。そして何より、ピアノが特別弾けること。

宮田佳乃は生きているだけで、奥沢のコンプレックスを刺激した。

お金持ちの、優等生。

きっと彼女は恵まれている自覚などないのだろう。みずからの潔癖が誰かの羞恥を呼び起こすなんて、想像だにしていまい。彼女は彼女にとっての当たり前を享受し、そこから見える景色を見ているに過ぎなかった。

時刻はまだ七時半だった。麗奈はまだまだ帰らない。戸越と出かけた日の帰りは、いつも深夜を過ぎていた。絵を描くには格好の夜だったが、ずっと遊んではいられない。

夏休み直前の第二回定期テストで、奥沢はまた二位だった。

一位は当然、宮田佳乃だ。次回は絶対に負けられない。

下ろしたての落書き帳は、ノートの角が尖っていた。シャシャシャシャ、とリズミカルなシャープペンの音と共に、頭の中の光る世界が紙の上に描き起こされる。

奥沢は絵を描くのが好きだった。


珍しく、朝から強烈な眠気に見舞われた日のことだった。

「奥沢〜ノートくれ」

そう言って理科のノートを回収しに来たのは、理科係のみなみだった。

「昨日の課題やってきたー？」

「きた。ちょっと待って」

奥沢は鞄の中を手探って、青いノートを差し出した。サンキュー、とみなみがそれを受け取る。教室の窓際では、同じく理科係の宮田が課題を回収していた。

ふあ、と大きな欠伸が出かけて、慌てて手の甲を口に当てる。

「叶、数学の宿題って出来た？　謎なとこあるんだけど」

丸めたワークを手にした馨にそう話しかけられて、奥沢は眠気を殺して微笑んだ。

「どれ？」

「大問2」

粘つくような眠気に襲われながらも、懸命に問題文を目で追った。昨夜は母が布団へ入るのが遅く、そのせいで勉強のギアを入れるタイミングが遅くなってしまった。

「あ～そういうことか！　わかった！　ありがと！」

「ううん、違ったらごめんね」

少しでも気を抜くと、授業中に眠ってしまいそうだ。あまりの注意散漫に、何かくだらないミスを起こしてしまいそうな気がした。

帰宅後、今朝提出したはずの理科のノートを発見した奥沢は、思わずみずからの唇を触った。

「あれ」

嫌な予感がして、奥沢は家中のノートというノートを引っ張り出して中身を調べた。めくってもめくっても、あのノートが見つからない。

少女小説の挿し絵を模写している落書き帳が。

奥沢は全教科同じノートを使っていた。Ｂ罫線の五冊組の青いノートだ。丁度この間、理科のノートを新しいものに変えたばかりだった。下ろしたての落書き帳と触り心地も似ているはずだ。きっと、鞄に入れる段階で間違えたのだ。

理科の先生に、あのノートを提出してしまった。

「嘘……」

ぶわ、と耳の産毛までが逆立つような羞恥に奥沢は身悶えた。

誰にも見せるつもりのない秘密のノートだった。友達だって、麗奈だって、その存在を知らない。綿菓子のように甘い少女漫画絵を描いた隣には、本文だって書き写している。

世界で一番、暗い場所はどこだか知ってる？　それは、ステージを見つめているときの舞台袖。まばゆい光を浴びて、素晴らしい演奏をしているほかの誰かを見つめているとき、わたしは世界で一番暗い場所にいる……。

心のうちを暴かれたかのような恥ずかしさに、奥沢は髪の毛を掻きむしった。湯上がりの髪の根元は、じんわりとまだ濡れている。

まさか、こんなミスをするなんて。

最悪だ、と思う気持ちと、まだましだ、と自身をなぐさめる気持ちが交差する。

理科の担当は時枝先生だ。嫌な印象はない。真帆や悠、あるいは麗奈や戸越に笑われるよりは、ましなはずだ。

それでもひどく胸が痛んだ。学校ではとり澄ましている奥沢もこんな子どもっぽい絵を描くんだな、と職員室で面白がられているかもしれない。こんなノートを提出した人がいます、と教室で笑い者にされてしまう可能性だってある。

どうやって取り返したらいいんだろう？

時枝先生はどんな人となりだっけ、と奥沢は必死に考えた。みんなの前で返されるのは嫌だった。万が一にもからかわれたら、顔を上げられないと思ったから。


いつもよりも早く学校に着いた奥沢は、職員室を覗いた後、教員駐車場へと向かった。教職員はみな自動車通勤をしている。校舎の中よりは屋外の方が、他人に話を聞かれる可能性が低いだろうと奥沢は考えた。

裏林のベンチに腰掛けながら、奥沢は時枝が来るのを待った。車の音がする度に、そっと後ろを振り返る。

今日の最高気温は二十八度にまで上がる見通しで、朝から日差しが強かった。

ぼうっとしている間にドアが閉まる音がまた聞こえて、奥沢は駐車場を振り返った。

ひょろっとしたポロシャツ姿の男が、裏の道の方へ歩いていく。授業中の白衣姿以外を見たことがなかった奥沢は、一瞬、それが時枝かどうかわからず躊躇（ちゅうちょ）した。

その上背とどこか特徴的な歩き方から、時枝だ、と判断して、奥沢は林を飛び出した。

「おはようございます」

奥沢がその背に挨拶すると、時枝はちらっと振り向いて、おはようございます、と言った。

自分に用があるとは思わなかったようで、時枝はそのまま歩いて行く。

「あの、時枝先生」

奥沢がもう一度呼びかけると、今度は時枝も足を止めた。

「僕ですか？」

「そうです」

話をするには距離があり、奥沢は数歩、駆け寄った。

走りながら奥沢は、どうしよう、と思っていた。周りに人がいなければいないで、なんとも話を切り出しにくい。

「あの。私、昨日、課題を提出したと思うんですが」

「はい」

「すみません、あの、私、間違えてしまって……」

緊張のあまり、自分でも何を言っているのかわからない。

要領を得ない奥沢の言葉に、時枝もどこか身構えていた。

「……課題のことでしたら答え合わせは今日やるので、こんなところまで来て思い詰める必要は全然ないですけど……」

「違います、私、ノートを」

「ノート？」

「理科のノートと間違えて、家で使ってる落書き帳を提出してしまいました。すみませんでした」

太陽に熱されている駐車場の地面をよく見てみると、細かな凹凸（おうとつ）があった。きちんと時枝の顔を見ることが出来ず、奥沢は視線を足元に逃がしていた。

たかが一秒、二秒の沈黙が、永遠かのように思われた。

「あ、ああ〜……。あれ、奥沢さんの？」

「すみません、手違いで……」

「あ〜……」

俄かにテンションが高くなっていった時枝は、へえ、と感嘆を交えながらこう言った。

「君、めちゃめちゃ絵が上手いな」

想像だにしていなかった台詞に、つい奥沢はおもてを上げた。

いつも生徒相手にも不自然なまでに言葉を崩さない時枝が、フランクな口調でそう言ったのは驚くべきことだった。

「あれはなんか、流行ってるんですか？　キャラが」

「……かなり古い小説のキャラなので、みんなは知らないと思います」

「へえ」

夏場のラフな服装も相まって、教師もただの人間なのだ、という当たり前のことを奥沢は急に意識した。

「丸が上手いなあとは思ってたんですよね」

「え？」

「実験ノートとか描いてもらうときに、奥沢さんのシャーレの円、正確だから。フリーハンドで円を描くのが上手い人は絵の才能があるらしいですよ。手塚治虫、わかる？」

鉄腕アトムの人ですか、と奥沢が言うと、そうそう、と時枝は頷いた。

こんなに大人と対等に話をしたのは初めてのことで、高いハードルを飛び越えたときのようなみずみずしい感覚が、奥沢の真ん中を震わせた。

「今からそれだけ上手かったら漫画家になれますよ。目指してるんですか？」

「考えたこともないです、そんな……」

「なんで？」

「なんでって……あれ、ただの真似なので。本の中に同じ構図の挿し絵があって、それを描き写しただけなんです」

あらためてそう口にしてみると、奥沢は途端に恥ずかしくなった。持ち上げられてしまった後で、種明かしをするのはむなしい。

しかし、時枝は奥沢の羞恥を不思議そうな顔で見ていた。

「え、上から元絵をなぞったってことですか？」

「そうではないですけど……」

「見て、描いたってこと？」

「はい」

「それは十分過ぎる程すごいでしょ」

何か悪い誤解をしているかもしれないけど、そんなの他の人には出来ないことですよ、と時枝は言い切った。

「誰にでも出来ることじゃない。奥沢さんの立派な才能だ。すごく価値のあることですよ。それに何事も初めは模倣からって言うでしょう」

夏の葉をつけた白樺が、山からの風に揺れていた。ぼうっとしていた奥沢は、別の車がやって来たことにもしばらく気がつかなかった。

青いノートは、理科の時間の始めに無事に奥沢の手元に返ってきた。

教壇に立つ時枝は、ポロシャツの上にいつもの白衣を羽織っていた。

3

グラウンドの澄んだ空をヘリコプターが飛んで行く。ばばばばば、という騒音が、教室の中にまで届いていた。

「うるっせー、外」

勢いよく悠が窓を閉めると、風になびいていたカーテンも一緒に挟み込まれた。昼休みの終わり際はやかましく、どたばたと生徒たちが教室へ駆け込んで来ていた。

奥沢は窓辺に立って、真っ青な夏空とグラウンドの土の色を交互に眺めていた。

手塚治虫、わかる？

「ねえって」

ポンと真帆に肩を叩かれ、奥沢ははっとした。

「あ、ごめん。ボーッとしてて……」

「今度、花火大会あるんでしょ？　南斗の花火ってなんか特色ないの？」

たまに地方ですっごい花火が有名なところとかあるじゃん、と観光好きの真帆が期待を込めた目を輝かせる。

「たぶん普通の規模だと思うけど」

「え〜。何百連発で観光客呼んだりしないの？　田舎なのに」

「全然、普通のだよ」

適当にごまかしながら、内心、奥沢は焦っていた。お祭りなんて、連れて行ってもらった記憶がないからだ。

「花火のときって、町、盛り上がる？　他の中高生とかいっぱい来るかな」

「来る人も多いと思うよ？」

「じゃあさー、行こうよ花火。みんなで」

また面倒なことを言い出した真帆に、奥沢はひとまず笑いを挟んだ。

「でも、花火って夜でしょ。寮の門限の時間、まだ早いままだって言ってなかった？」

春の流星群騒ぎの後、一同は厳重注意を受け、寮生の真帆らの門限は繰り上げられたままだった。

「それなんだよね。さすがに次、何かやらかしたら東京から親呼ばれそうだしなあ。でもそんなこと言ってたら、なんにもないまま夏休みが終わっちゃうよ」

中高生の夏休みって人生で六回しかないのに、と呟きながら、真帆が髪の先をすくって陽に透かす。

「真帆たち、お盆は帰省するんでしょ？　東京なら遊ぶところ、沢山あるんじゃない？」

「そりゃ南斗よりはあるけど。行くところあっても行けるかは別だし。いま家の中、お兄ちゃんの受験でピリピリしててダルいし、帰省するの微妙」

　わかる、と悠が笑う。仲の良い真帆と悠は家庭環境も似ていて、どちらも歳の離れた兄が大学受験を控えていた。

「あーあ。なんかないかな。なんでもいいから」

　なんか考えてよ悠、と真帆が言うと、丸投げすんなよ、と悠が笑った。よく似ているこの二人と、全然似ていない自分がどうして同じグループにいるのか、奥沢はいまだにわからない。

「じゃあ、花火の日にみんなで浴衣着て、神社の祭りで写真撮る。花火の日って、神社で祭りもあるんでしょ？」

　悠にいきなり確かめられて、あるよ、と奥沢は咄嗟に答えた。そんなこと、聞かれたってわからない。

「浴衣か〜。いいかも！　花火関係ないから、門限間に合うし」

「アリっしょ？　新しいの買おうよ。浴衣」

「買う買う」

　真帆と悠は、お揃いの物を買うのが好きだった。

　流星群の時のような盛り上がりに、心の内側がざわめき始める。

「浴衣で揃えて写真撮ったら、絶対可愛いじゃん。色とか柄とか、違う感じにしてさ。叶も買うよね？」

　先に色とか決めておこうよ、と勝手に話を進める真帆に、奥沢は慎重に言葉を選んだ。

「浴衣かあ。確かにみんなで揃えたら可愛いかもね？」

「でしょ？　今のうちに可愛い写真、いっぱい撮っておかないと」

「うーん、でも考えておくね。親にも相談してみないとわかんないし……」

「え、大丈夫でしょ。頼めば。ネットで探せば全然安いし。夏休みのイベント代だと思えばそれくらい出してくれるって。みんな浴衣で、叶だけ普段着だったら変じゃん」

　奥沢がまた笑みを挟むと、真帆はそれを肯定と受け取ったようだった。早速、検索し始めた悠が、これよくない？　と浴衣の並ぶ画面を見せる。

　水滴のようなシール。プラスチックの宝石。

　小さい頃から、友達とのお揃いをねだることもできなかった。

「そういやさ、マンションの話、言ったっけ」

　悠がそう呟いた瞬間、宮田とみなみが教室に駆け込んで来た。視界の端でそれを見ると、宮田はクラシカルな装丁の楽譜を抱えていた。

「宮田さんち、市ヶ谷のめっちゃでっかいタワマンらしいよ」

「マジ？　どこ情報？」

「絶対やべーとこ住んでるんだろうな、と思ってこないだ本人に聞いた。なおコンシェルジュ付き」

「ヤバ。親って何やってんの？」

「さあ」

　ばばばばば、という騒音が窓越しにも耳障りだった。それから教師がやって来るまでの間、真帆と悠はずっと浴衣を検索し続けていた。

流星群の夜、彼女たちに私服を奇異の目で見られたことを、奥沢は決して忘れていない。

図形の問題をノートに写している途中、ふと奥沢はコンパスを置いてシャープペンを握り直した。フリーハンドで円を描いてみると、思いの外(ほか)、それは正円に近いように見えた。

君、めちゃめちゃ絵が上手いな。

時枝に言われたことを思い出すと急に恥ずかしくなって、奥沢はすぐにそれを消しゴムで消した。

今まで、字や絵を褒められたことが一度もなかったわけではない。しかし、そのどれもをお世辞だろうと受け流して、わざわざ気に留めたことなどなかった。

時枝は変わった先生だった。人気があるくせに、どこか淡々としていて、生徒相手でも丁寧語で話す。その時枝が自分にだけぽろっとため口を洩(も)らしたのは、世界の軸がほんの少しずれたかのような目新しさがあった。

機会を作れば、また先生に絵を見てもらえるだろうか。また間違えてノートを出せば。あるいは、もっと真面目な絵画を描いて、人前に出せるようにすれば。

ペンケースに忍ばせている絵の具のチューブに手を伸ばした瞬間、ピン・ポーン、とインターホンが鳴った。その独特のリズムに全身が固まる。

ドアの覗き穴に片目を瞑ると、想像よりも近い位置に戸越が見えて、ぞっとした。

「こんばんは……」

奥沢がドアを開けると、戸越はいつものようにニカッと笑った。

「こんばんは。お母さんいる？」

「いまお風呂です」

「あれ？　さっき連絡入れたんだけどさ、さてはあいつ見てないな？　ごめんね、アポなしで来ることになっちゃって」

「いえ」

麗奈より先に風呂を済ませていた奥沢は、部屋着のショートパンツ姿だった。髪だってまだ、濡れている。

「かなちゃん、お構いなく。突然ごめんね？」

「大丈夫です」

へらへらと笑いながら入って来た戸越に、奥沢は嫌な顔ひとつすることができなかった。染み付いてしまった愛想笑いは、背を向けている時ですら消えてくれない。

戸越がいつ家に来るのかわからないというのは、大きなストレスだった。また呼び鈴が鳴るかもしれないという不安が、頭の隅に常にあった。

「どうぞ」

「あーごめんね！　ありがとう」

麦茶を注いだコップを戸越に差し出すと、奥沢はすぐに風呂場をノックした。

「戸越さん来てるよ」

「え、なんで？」

聞いてないんだけどー、と素っ頓狂な声を上げた女の笑い声が、シャワーの水音の向こうで響いた。

「母親より娘の方がしっかりしてるんだよなあ。この家は」

にやにやと戸越が笑う。愛想笑いを返しながらも、奥沢はポケットの中を手探っていた。咄嗟に忍ばせてきた絵の具のチューブの底の鋭利さを、指の腹で確かめる。

「ちょっとー、アポなしで来たらビックリするじゃん」

恥じらいの一つもなく麗奈が全裸で出て来ると、奥沢はすぐに広げたバスタオルを押し付けた。居間と戸越と母の裸体が並列にある光景は、異常が過ぎた。

「俺、ちゃんと連絡入れたよ？　おまえが見てなかったんだろ」

「だってお風呂、入ってたんだもーん」

かなちゃんビックリさせちゃったよ、と戸越が言うと、ビックリなんてしないでしょ、と麗奈が勝手に否定した。

「だって恩人だもんね？　戸越さんは」

麗奈に同意を求められ、奥沢は何も言うことができない。

「何よ？　その恩人って」

「だって、この子が築山なんて通えてるの、全部戸越さんのおかげじゃん」

やめろよ、そういうやらしい言い方すんの、と否定しながらも、まんざらでもなさそうに戸越が歯を覗かせる。

特待生の奥沢は年間授業料のすべてを免除されていたが、入学や通学にあたって必要になる諸経費は山とあった。入学金、制服代、指定の靴や鞄や体操着の費用、教材代に講習代。バスの定期代だって馬鹿にならない。学年が上がれば、外部模試の代金だって必要になってくる。

この家はもう、戸越なしには回らない。

「かなちゃん、ちゃんとお礼言ってよね？　修学旅行の積立やら何やら、いろいろ引かれてるんだから」

「おい、やめろって。好意でやってんだから。好意で。仲良くしてるんだから、これくらいさしてよ」

なんでも言って。なんか、あるでしょ。欲しいもの。

悪魔のような囁きが、また頭の中で繰り返される。

小学六年生の時に見つけてしまったひとつのポスターが、奥沢叶の運命を決めた。少女小説の世界のような、趣ある西洋風の建築物の写真の下には、築山学園と書かれていた。

本の中でしか聞いたことのなかった学園という響きは、夢見がちな十二歳の心を鷲摑みにするのに十分だった。生徒募集を始めたばかりのその新設校には成績に応じた特待生制度があり、それが奥沢の心の中のハードルを下げた。

その頃、すでに家に出入りしていた戸越は、奥沢の顔を見る度に、何か欲しいものはないのかと尋ねていた。その夜も戸越はアパートを訪れ、いつものようにこう言った。

なんでも言って。なんか、あるでしょ。欲しいもの。

物じゃなくてもいいですか、とその時初めて、奥沢は自分の欲望を口にしてしまった。

「いつもありがとうございます。すごく感謝してます」

健気そうに微笑むと、戸越は気を良くしたようだった。

金を寄越すのが好きな男だった。そして、母は金を貰うのが好きな女だった。軽蔑していたそのサイクルに、いつの間にか自分も取り込まれていて、繰り返される感謝と笑顔がみずからの価値をすり減らしていく。

ここは溺れ谷だ。

「明太子ばっか映されると食いたくなって来ちゃったな。ネットで買っちまおうかな」

「単純、超テレビに踊らされてる」

「いいだろ。俺は単純な男なの」

ビールを開けた麗奈と戸越は、テレビを見ながら笑っていた。酒の臭いが鼻を突く。奥沢は数学の宿題に戻りたくて、まだ戻れずに、付き合いでテーブルについていた。

溺れ谷、という語句を社会科の資料集で見つけた瞬間、奥沢の脳裏には散らかった自宅の光景が何故か思い起こされた。

溺れ谷とは、陸上の谷が沈水してできた湾のことだ。本来の意味とは違うだろうが、その言葉は自分の家の現状を言い表すのにぴったりだった。

光熱費の請求書が何枚も重なっているタンスの隣には、十数万円を超える私学の制服がかけられていた。ブランド物のバッグや化粧品、分不相応な家電だって、この埃っぽい安アパートの中にはなんでも詰め込まれている。

「かなちゃんも食える？　明太子」

はい、と奥沢が返事をすると、上機嫌に戸越はスマホをいじり続けた。台所の蛍光灯が、さっきから点滅を繰り返している。その不安になる光のことを、母も戸越も気に留めない。

この家で正気を保っているのは自分だけだった。自分だけが水の中で必死に背伸びをして、水面に顔を出している。

4

思いきり弾(はじ)かれたボールが、校庭の空に跳ね上がった。

中休み、外へ出て来た奥沢たちは、輪になってバレーをしていた。繋げるだけが目標のゲームが、意外にも難しい。

「馨、取って！」

「これは無理！」

みなみから指名された馨があえなくボールを落とすと、またゲームは終わってしまった。アスファルトの上をてんてんと、ボールが小さく跳ねていく。

「馨、ちょっと下手過ぎない？」

「うっさいうっさい！」

そのやり取りに思わず奥沢も笑いを漏らすと、拗ねた馨が話題を逸らした。

「ちょっと宮田ー。あんた本当に入んないの？」

昇降口前の大きな木の下で、宮田佳乃はひとり涼んでいた。

「球技はパス」

「球技って、別に授業じゃないんだから。さてはあんた、私以上のド下手だな？」

「突き指するもの全般、やらないことにしてるから」

あっそ、と謦が高くボールを上げる。ほとんど真上に跳ね上がったそれを、由梨が上手に拾い上げた。

ボールの行方を追いながら、奥沢は目の端に宮田の姿を映していた。

「みなみ、取って！」

「これは無理でしょ！」

風に吹かれたボールを奥沢がすんでのところで受け止めると、さすが！と謦が歓声を上げた。ナイス奥沢、とみなみも言う。動くボールを目で追いながら、意識を木陰に向けていると、自分の外側と内側がすぽんと分離してしまいそうだった。

突き指なんて、いくらでもしたことがある。あんなの冷やせばすぐに治る。突き指ごときを嫌がるなんて、どれだけご大層な指なのだろう。

ピアノを弾くから球技をしないだなんて、小説の中の話だと思っていた。

「次の講習って何だっけ」

何気ない由梨の呟きで、奥沢ははっと我にかえった。理科、と思わず大声が出て、頬が熱くなるのがわかった。

「トッキーってさ、教室ん中いるとなんか変な感じあるよね」

「わかる」

みなみと由梨が、芸能人の噂話でもしているかのように笑い合う。

いつもは理科は理科室で行われているため、夏期講習中、時枝が教室にいる光景には物珍しさがあった。

「あの人ってさ、なんかの博士号持ってるらしいよ」

真帆の言葉に、つい奥沢の視線はボールから逸れた。すごいじゃん、と馨が言う。

「博士って、何の博士？」

「理科じゃん？　理科とか、大学にあるのか知らないけど」

「トッキー、はくしだかはかせなのに中学の先生やってるんだ」

素直に感嘆している由梨に、真帆が半笑いで言った。

「でも、今こんなとこにいるってことは、挫折しちゃったんじゃん？　どっかで」

挫折って何で？　と馨が訊くと、だって別に先生になりたいわけじゃなかったってことじゃん、と悠が同じように鼻で笑った。

「ところで浴衣の色とか柄って決めた？　いつ買いに行こっか」

あたし紺地に朝顔のやつ取っちゃったから、としたり顔で真帆が言う。イオン行く人って誰々？　と由梨が尋ねると、私は家から送ってもらう、と馨が誇らしげに胸を張った。

「うちらと由梨で、とりあえず四人は絶対行くでしょ。みなみは？　浴衣持ってる？」

あるっちゃある、とみなみが言うと、何それ、と真帆が突っ込んだ。

勝手に買い物班の頭数に入れられていた奥沢は、その場では表情を変えずにいた。断りを入れるのは、きっと直前の方がいい。なるべく話を振られないように、奥沢は気配を押し殺した。

「宮田さんは？　浴衣」

やっと木陰から出てきた宮田は、眩しそうに目を細めていた。

「持ってないけど」

「じゃあ一緒にイオンで買お。それともネットで見る？」

「買わないよ、いらないし……」

何の執着もなさそうに、宮田がそう呟く。

どうしてか奥沢は、その言葉に自分がひどく傷ついてしまったのがわかった。

「え、何で？　買おうよ。宮田さん、お金全然あるでしょ」

「だって年に一度も着ないでしょ？」

お祭りだけなら行くけど、と宮田が言うと、じゃーあたしも普段着で行こ、とみなみが言った。勝手に意向をずらされて、真帆が声を張り上げる。

「みなみは浴衣で来てってば！　そういうイベントなんだから」

「うちで着付け出来る人、ばあちゃんしかいないから面倒なんだもん……」

「みんなで浴衣で写真撮るってイベントなの！　今回は！」

でも写真入んなきゃいいんでしょ、と宮田がにべもなく言うと、ぷうっと真帆が噴き出した。

「ホンットに宮田さん、自己中じゃない!?」

非難の台詞を吐きながら、真帆は笑い続けていた。その姿に悠も笑う。今更でしょ、と馨が大きくため息をついた。

入学当初は人とぶつかることが多かった宮田も、いつの間にかその性格を周囲に受け入れられていた。常に猫を被っている奥沢からすれば、こんなに不公平なことはなかった。

「じゃ、しょうがないから宮田さんとみなみは浴衣免除。みなみ、本当にいいの？　浴衣のグループの中でジーパン、宮田さんばりに浮くよ」

「オッケーオッケー」

ふざけた応酬を目の当たりにして、奥沢はすべてがばからしくなった。ばからしいと思うのに、自分は今更ばかになることができない。

教室に戻るまでの間、真帆と悠はずっと浴衣の話をしていた。

「せっかくだからさ、和風の髪飾りも買お？　お花のやつとか」

「真帆、髪やるの得意だもんな。私のもやって」

麗奈に相談するという選択肢は初めからなかった。そんなことを頼めるような親子関係ではなかったし、頼んだところで買ってくれるとも思えない。戸越にねだれば手に入るのだろうが、想像するのも嫌だった。

「みんな、あれだよ？　紺地の朝顔のやつはあたしが取ったから、他のやつにしてよね」

子どもじみた台詞を何度も繰り返す真帆が、心底憎たらしかった。私だって、朝顔の浴衣が一番可愛いと思った。欲しかった。とても。

欲と現実が乖離(かいり)していく度に、自分が頑なになっていくのがわかる。別に浴衣なんてなくったって生きていける。友達がいなくたって生きていける。何の問題もない女の子でなくったって、生きていくことはできる。

みじめだった。

「みなみ、ジーパンで行くの？」

私もそうしよっかな、と言う宮田の声が、ひどく耳に障った。

宮田は、夏祭りの浴衣なんてどうでもいいのだ。成績だってピアノだって、彼女にとっては特別なものではないのだろう。その執着のなさを見せつけられると、いかに自分が恥ずかしいことばかり気にしているのかを、まざまざと思い知らされる。

だから、せめて成績だけはこの人には負けられない。


下校時、奥沢を呼び止めたのは教頭の堂本だった。

「どうですか、講習は。連日で大変でしょう」

極端に成績主義の堂本は、生徒たちから嫌われていた。堂本がわざわざ話しかける生徒は奥沢か宮田くらいのものだった。奥沢はそれが誇らしくもあり、気持ち悪くもあった。

「通常授業よりゆっくりなので、わかりやすいです。苦手なところも補えますし」

「みんな、奥沢さんくらい熱心で優秀だと助かるんですけどね。こういう校風を望んで入って来たのだから、少々のことで音(ね)を上げられては困る」

盆を前に、早めに講習を切り上げて帰省してしまったクラスメイトも出始めた。ただでさえがらんとしている教室の中には、日に日に余白が増えていた。

「奥沢さんは、お盆はどこかへ行くんですか？　お母さんのご実家とか」

「いえ、特には」

堂本には、自分の家庭環境を知られていた。

「そうですか。休みの時はしっかり休んで、リフレッシュしてくださいね」

ところで君、まだ冴島の班にいるんですか、と藪から棒に堂本が言った。

「……班、という程のものでは」

「山の一件のようなことがまたあっては困るのでね。君や宮田さんは巻き込まれた側なのでしょうが、朱に交われば赤くなる。今のうちに、切るべき縁は切っておくべきですよ」

真帆と悠は、教師から目をつけられていた。流星群騒ぎ以降、取り立てて目立つことはしていなかったが、生意気な言動と派手めの雰囲気だけで彼女たちはマークされていた。

「休み明けにはまた試験もあるし、奥沢さんには期待してますよ。ライバルを倒すつもりで頑張ってください」

「ライバル、ですか？」

思わず聞き返すと、堂本は面白そうに目を細めた。

「春からずっと、教科ごとに接戦ですね。あなたと宮田佳乃さん。まさに切磋琢磨（せっさたくま）だ。君たちのような一期生に恵まれて、実に嬉しい気持ちです」

入試以来、奥沢が首位を取れたことはなかった。教科別にはほぼ接戦でも、いつも宮田が総合点でぐんと抜く。

ライバルなんて、爽やかに言わないで欲しい。

これは戦争だ。

「おまたせ～」

保健室から出て来たみなみが、廊下の向こうで手を振った。奥沢も小さく手を振り返すと、では、と堂本が立ち去った。

みなみのすぐ後ろには、ライバル、の宮田もいた。

「奥沢、いま堂本に話しかけられてなかった？　カワイソ〜。あれ、由梨は？」

「いまトイレ行ってる」

元気なみなみとは対照的に、宮田はどこかぼんやりとしていた。昇降口前の廊下に差し込む光を、じっと見つめている。

奥沢もそれを見上げると、宙には埃がきらめいていた。


早朝、理科室の戸が開くのを確認した奥沢は、そろりと中へ忍び込んだ。

もう一度、時枝と話がしたかった奥沢は、また落書きのノートを故意に提出しようかとも考えた。しかし、それを繰り返すわけにもいかないし、何より自分の少女趣味を見られるのは今更ながらに恥ずかしい。

理科室の花を描こうと考えたのは、時枝と話す口実になるからだった。

ヒヤシンスのガラス瓶は窓際に並べられていて、水に浮かぶ球根からは白い根が無数に伸びていた。うす紫の花弁は淡く青みがかっている。細かな花を筒状に咲かせるヒヤシンスには、繊細な立体の影があった。

どう絵の具を混ぜていったら、こういう色になるのだろう。

奥沢は、無意識にスカートのポケットを撫でていた。ポケットの中には、いつものチューブが入っている。

「そこでイタズラしてる人、誰ですか」

ガラッと戸を開けられて、肩が大きく跳ね上がった。

奥沢がゆっくりと振り返ると、おや、と時枝が小首を傾げた。

「……イタズラはしていません」

「また朝からどうかしましたか、奥沢さん」

どっどど、と急に足元の揺れを感じて、奥沢は天井から垂れ下がっている火災報知器の紐（ひも）を見上げた。紐はまっすぐ、揺れていない。

地震のようなこの揺れが、自身の緊張から来ていることに気がついて、奥沢は顔を上げることができなくなった。

「ヒヤシンスを見たくて」

「え？」

「ヒヤシンスの観察に……」

いざ動機を口にしてみると、あまりにそれは嘘くさく聞こえた。時枝もそれを冗談だと思っているのか、続きを聞くのを待っていた。

「で、本当は何しに来てたんですか？」

「あの、本当に」

白状しよう、と思った奥沢は、いま絵を描いていて、と小さく呟いた。

「夏休みで、時間があるので、色を塗る絵を描いてみようと思っていて、水彩なんですけど。お花を。だから実物が見たいなあって思ったら、理科室にあるのを思い出して……」

あまりに支離滅裂で、自分でも何を言っているのかわからない。恥ずかしさのあまり、今すぐにここから逃げ出してしまいたかった。

「なるほど。写真とか、撮りますか？」

「……写真ですか？」

「あ、ダメなんだっけスマホ」

また急にため口になった時枝に、奥沢の心はわななないた。

「校則では……」

「じゃダメだ。すみません」

でもどっちにしろ、写真越しとかじゃダメだったりするんですか、と時枝に訊かれて、え？と奥沢は聞き返した。

「印刷とかモニター越しだと色味が違う、みたいなことを思ったりするんですか、絵を描く人は。やっぱり実物が見たい？」

「……なるべくは」

「へえ」

真面目に色付きの絵を描こうとしたのは初めてだから、そんなことを聞かれてもわからないのに、と奥沢は思った。専門家でも、プロでもない、何でもない中学生の意見を、どうしてこの人は真剣に聞いてくれるのだろう。

「光の色って、奥沢さんにはどんな色に見えますか？」

授業中に雑談へ逸れるときのように、時枝はスムーズに語り始めた。

「名画の中にある光って、あ、こういう光って本当にあるな、って凡人にも思わせるものがあるじゃないですか。あらかじめ正解を見せてもらったら、僕にだってこの色が光の色なんだなってわかる気がするのに、いざ自分でそれを見つけてみろって言われたら、絶対にわからないんですよね」

そこのホースの影の色を答えろって聞かれても、僕は絶対わかんないですね、と時枝が蛇口から伸びている青いホースを指した。

「でもたぶん、それは僕がわからないだけで、わかる人も沢山いるんだと思うんですよ」

時枝が理科準備室へ繋がるドアに鍵を差し込む。お開きの空気を感じた奥沢は、無理やりに会話を繋いだ。

「流星群を観たんです。春に」

口を衝いて出た話題はあまりに不適当で、奥沢は首の裏がそわっとした。あれは職員室でも大騒ぎになったのだ。

「ああ、あれ奥沢さんもいたんでしたっけ」

ドアを九十度に開けたまま、時枝は準備室に入って行った。

「あの、反省はしてます……」

「たき付けた側なので僕こそ大分反省しましたが、まさか君たちがそんなに興味を持つとは思わなくて。そういうものなんですね」

別に流星群に興味があったわけではない。あんなの、無理やり真帆に連れて行かれただけだった。

そう素直に打ち明けても時枝は何とも思わないのだろうが、それは言わないでおきたかった。

先生のおかげですごくきれいなものを見られたのだと、無邪気に振る舞っていたかった。

「観られました？　流れ星」

「観れました。流れ星なんて初めてだったから、感動して……」

「願い事は、できました？」

そうですね、と言葉を濁しながら、奥沢はあの夜の暗い山頂の景色を思い出していた。

あの時、星が燃えるのを観たのは自分と宮田だけだった。

流れ星にひとつの奇跡が宿るというのなら、その奇跡は自分と宮田、どちらに味方するのだろう？

「僕は叱る側なので大きな声では言えませんけど、そういう思い出は一生忘れないでしょうね」

準備室の棚の上段を漁りながら、時枝が呟いた。

「……そういうものなんですか？」

「流星群は毎年同じ時期に観測できるでしょう。だから来年も再来年も、ニュースで観る度に、その日のことを思い出すと思いますよ。大人になってからだってずっと」

一緒に理科室を出て職員室に着いてしまうまでの間、奥沢は時枝に一生懸命、何かを話しかけていた。緊張しながら喋っていたその内容は、教室へ戻る頃にはすべて忘れてしまっていた。

5

アミュレット代わりの銀のチューブは、日を経るごとに瘦せていった。ヒヤシンスの絵は少しずつ、完成に向かっていた。

「ねー、明日の買い出し、どうする？」

真帆にくるりと振り返られて、奥沢はチューブを撫でていた右手をさっと机の上に出した。

「うちらは講習の後、寮で着替えてから行くつもりなんだけど、叶はどうする？　家、遠いじゃん。制服のまま行っちゃう？　それとも誰かに服借りる？」

「あ……どうしようかな」

祭りを三日後に控えてもなお、奥沢はまだ明確に断りを入れられていなかった。その話を切り出しては、真帆に言いくるめられていたからだ。

「そういや、馨って家から浴衣届いたの？」

「まだ。今日お母さんが干してるって。ギリギリで寮に届く模様」

私のめっちゃ可愛いよ、と馨がみんなに画像を見せた。凜とした和室の隅で、真っ赤な牡丹柄の浴衣が陰干しされている。

浴衣の色や柄よりも、その部屋が旅館のように整然としていることに奥沢は驚いた。

「超可愛いじゃん！」

「でしょー」

この空気に水を差してしまわないよう、奥沢は慎重に話を切り出した。

「ごめん、明日の件なんだけど。私、行けないかもなんだ。実はまだ浴衣の件、親に聞けてなくって。お母さん、いま仕事が忙しくて、全然話すタイミングがなくて」

病欠の振りをしようかとも考えたが、代わりに買ってきてあげる、などと言われかねないと思い、素直に断ることにした。

「えーそうなんだ。残念」

「ごめんね」

すぐにそれを受け入れた由梨や馨とは違い、当然のことながら真帆は聞き分けが悪かった。

「お祭り、日曜だよ？　明日買えなかったら間に合わないじゃん」

「毎晩遅くに帰ってくるから、自分の話をするのも悪くて……もしかしたら、当日もちょっと難しいかも」

「え〜!?」

健気そうに眉根を寄せても、真帆には通用しなかった。どうしてこんなに物分かりが悪いのだろう。

「そんなの、ママおかえり〜の後にちょっと頼んでみるだけじゃん！　大丈夫だよ、叶のお母さん、ファッションとか好きそうじゃん？　めっちゃ若いし」

「え」

若かったよね、と真帆が繰り返すと、あー、と悠が思い出したかのように目線を上げた。

サクッ、とリンゴを切ったような浅い音が、自分の中心から聞こえる。

「結構、親とタイプ、違くない？　叶のお母さんって、叶みたいな感じなのかと思ってた」

「……そう？」

「雰囲気、全然違うよね。美人だし、顔は似てるけど」

教室にいるというのに、自分の顔からすうっと笑みが抜けていくのがわかった。

あの日。あの流星群の日。

あの場にいた全員が、麗奈の姿を見てしまった。

「悠とさあ、悠のお母さんも似てるよね。メガネまでそっくり」

「やだよ、あんな太ってないし」

「うち、あたしは母親似だけど、お兄ちゃんは父方の方の顔なんだよね。だから兄妹なのに全然似てないんだ」

いつものように笑い合う真帆と悠を前にしながら、奥沢は暴力的な衝動を堪えるのに精一杯だった。今すぐに殴りつけてでも、その記憶を消してやりたい。

視界の端に宮田佳乃が映った瞬間、奥沢は咄嗟に顔を上げた。

「宮田さんもお母さんに顔とか似てる？　その謎にマイペースな性格とかさ」

みなみと連れ立って教室に帰って来た宮田を、真帆がいきなりからかった。その話題に、みなみの表情がみるみる強張っていく。

「こら、みんな先生が来る前にちゃんと席に着いてて。黒板だって消えてないじゃない」

担任の落合が教室へ入って来ると、椅子や机の動く音であらゆる音がかき消された。日直が号令をかけると、間延びした挨拶がそれに続く。

教科書を開きながら、奥沢は宮田の育った環境を想像した。裕福な家の、優秀な父母。それに似ている、選ばれた子ども。

考えれば考えるほど、ばかみたいに想像の中の少女は恵まれていた。


マム、ウェア・アー・ユー。アイム・イン・ユアルーム。ワッツハペンド。ウェアズ・マイ・フェイバリット・トイ。イッツ・ノット・インマイボックス。

「上手ぅ」

続けて？　と笑いながら、麗奈が奥の部屋の襖(ふすま)を開けた。

英語の音読が苦手で、いつも恥ずかしく思いながら練習している奥沢にとって、その現場を麗奈に見られたことはこの上ない屈辱だった。

「喉、渇いて起きちゃった。あっついね今日」

奥沢はいつものように、麗奈が寝た後も勉強していた。冷蔵庫を開けて麦茶を注ぎながら、蒸し返すように麗奈が笑う。

「続き、やんないの？　英語」

「もう終わったから」

ふーん、と鼻で笑われて、奥沢は顔から火が出そうになった。

麗奈は勉強が出来ないタイプの人間だった。出来ないから、勉強の出来る娘を他人に自慢する一方で、それを嘲(あざけ)る機会を常に探していた。

「もう寝れば？　ニキビとか増えるよ」

「明日までの課題が多いから。もう少しやったら寝るね」

閉じられた襖の向こうから、再び動物めいたいびきが聞こえて来るまでの間、奥沢は何も手につかなかった。

絵を描いていなくてよかったと思った。ノートの落書きとは違って、水彩画はごまかせない。自分が絵を描いているだなんて、絶対に麗奈には知られたくなかった。

近頃、ますます奥沢は絵に没頭するようになっていた。

ヒヤシンスの絵の中には、あの日の朝陽が射していた。理科室で、時枝と話した日の朝の光。眠る前、奥沢は棚の隙間から、そっとヒヤシンスの絵を取り出した。八つ切りの画用紙は、絵の具の重ねられた部分がたわんで固くなっていた。


講習の最終日は、よく晴れていた。終業式の日にロッカーの中身を持ち帰っていなかった真帆と悠は、今日になって大荷物に喘いでいた。

「やっべ、上靴入れる袋ないわ」

「もう手で持って帰ってよくない？　寮そこだし」

ばたばたと騒がしく、思い思いに生徒たちが教室を飛び出して行く。待ちに待った真の夏休みの到来に、誰もが胸を弾ませていた。

「ね、今日。一緒に見に行くだけ行かない？　あたし多めにおろして来たし、お金貸してもいいからさ」

リズミカルに階段を駆け下りながら、楽しげに真帆が囁いた。深刻そうに見えないように、奥沢は軽く笑い返した。

「どうしよっかな。でも今日はまっすぐ帰るって言っちゃってるから」

「えー、でも叶のお母さん、仕事中でしょ？　昼だし別に……」

一階の廊下へ下りたところで、いきなり真帆が歩みを止めた。

「どうしたの？」

奥沢がそう尋ねると、真帆は重たい鞄を抱いたまま、階段裏へと駆け込んだ。

「あ、宮田？」

理由を察したらしい悠の言葉に、シー、と真帆が人差し指を立てた。手招かれて奥沢と悠も、階段裏で腰を屈(かが)める。

昇降口前の廊下では、宮田がみなみと歩いていた。

「宮田さんが、どうかしたの？」

ばつの悪い顔をしている真帆に奥沢がそう尋ねると、代わりに悠が口を開いた。

「昨日、自分が母親と似てる似てないがどうこう、みたいなふざけた話してたじゃん。その時、真帆、宮田さんにもそれ振っちゃったから」

「……どういうこと？」

親の話題を蒸し返されて、また苦々しい気持ちが胸を掻いた。

真帆の顔が近づいてくると、マリンの香りがふっと香った。

「宮田さんのお母さんって、一昨年死んじゃったんだって」

いつもの微笑みを顔に貼り付けたまま、奥沢は相槌を打つことができなかった。

「あの後、みなみに怒られちゃったよ。でもそんなの知らなかったから……」

居た堪れない様子で真帆が後悔を滲ませると、悠がそれをなぐさめた。何もない階段裏には、埃の臭いが立ち込めていた。

「聞いてなかったんだからしょうがないって。ていうか、たぶん本人は気にしてなくない？」

「わかんないけど、向こうが良くてもあたしが気まずいじゃん……」

薄ら暗い階段の裏側で、動揺した奥沢は咄嗟にアミュレットのチューブを握った。


世界で一番、暗い場所はどこだか知ってる？


夕方、奥沢が地域図書館から帰宅すると、自宅の鍵が開いていた。

「おっかえりー」

薄着の麗奈に出迎えられて、奥沢は頭が真っ白になった。

「……今日、早かったの？」

「そー。今からピザでも取ろーって話してたんだけど、何がいっかな。こないださあ、郵便受けにチラシ入ってたよね」

麗奈が片膝を立てながら、角の折れたチラシの束を捲る。その隣で、裸足(はだし)の戸越がビールに口をつけていた。

「あれ、かなちゃん制服じゃなかったんだ？　残念！」

学校なんてとっくに終わった時間でしょー、と麗奈が呆れた声でほろ酔いの男を笑う。動転した奥沢は、愛想笑いも返せなかった。

いつも、麗奈が帰宅するのは早くても七時半過ぎだった。まだ一時間近くも、余裕はあるはずだった。

焦りが心臓を押し潰す。

絵は？

「どこ行ってたの？」

「真川図書室……」

「またあ？　本当、好きだよねー」

いいじゃん、なあ？　とこちらの機嫌を取るような声色で戸越が歯を覗かせる。畳の上に投げ出されている男物の靴下が、この空間をより汚らしいものに見せていた。

地域図書館へ出かけるまで、奥沢は絵に色を塗っていた。ヒヤシンスの絵の続きだ。絵の具を完全に乾かすために、棚の上に絵を出したまま、奥沢は自宅を後にしていた。

背なんて高くない棚だ。逃れようもないくらい。

「ねえ、そこの絵って何のやつ？　夏休みの宿題？」

あけすけに麗奈に棚の上を指され、往来で裸に剝かれたかのような羞恥に鳥肌が立った。

「かなちゃん、超絵ぇうまいな？　おじさんビックリしちゃった。それ絶対なんかに出したほうがいいよ」

なんかって何よ、と麗奈が噴き出すと、コンクールとかだよ、と戸越が笑いながら、棚の上の絵に手を伸ばした。

触られる。

火事を見つけたかのような大声が、自身の耳をもつんざいた。

「それ！」

「……それ、まだ乾いていないので」

ど、どどど、とわななく身体が、引ったくるようにヒヤシンスの絵を引き寄せる。

呼吸が苦しい。

殺意で、息もできなかった。

「……なーに？　でっかい声出して。反抗期？　耳、変になるかと思った」

しばらく沈黙が続いた後、麗奈はそう吐き捨てた。

「触られたくないなら出しとかなきゃいいでしょ？　そんなとこに置いとくからじゃん。そんな絵がなんだってのよ。早く戸越さんに謝んなさいよ」

おかしいのはお前だ、という無言のメッセージが、ビニールのように全身を覆っていく。

「や、ごめんごめん。おじさん、そういうのわっかんなくてさ」

戸越がわざとおどけた声を上げると、家の中の予定調和は再び回り始めた。

「いえ。すみません、大きい声出して……」

「全然気にしてないから。おじさんおばさんとは違って、繊細なんだよなあ？」

わかったような顔で戸越に肩を抱かれたのが耐え難く、奥沢は必死にジーンズのポケットの中を手探った。

探っても探っても、アミュレットは見つからない。

「よし、仕切り直してなんか食おうや。俺、なんかシチュー食いたくなってきた。唐突にクリームシチューの腹。家庭の味じゃん、シチューは」

「はあ？　この暑いのに？」

「冬はシチュー夏でもシチュー。かなちゃんはさ、何食いたい？」

父親面で笑いかけてくる戸越には別に家庭があり、そこには自身の子だっている。母との付き合いは長かったが、このくたびれたアパートを出ていくような契機はきっと訪れない。

ここにあるのはお芝居だ。麗奈も戸越も、摑まる岸辺のないイカダの上で、茶番を演じ続けているだけに過ぎない。

「急に言われてもルウないよ」

「シチューってさ、小麦粉から作れんじゃなかったっけ？」

「そんな本格的なのあたし無理。つーかピザの出前はどこ行ったのよ」

奥沢の手のひらの汗を吸って、画用紙は柔らかくなっていた。この紙切れひとつ隠す場所すら、この家には見つからない。

「……じゃあ私、買って来ますね？」

学級会で司会をする時のような溌剌とした声が出て、いいぞ、と奥沢は自分を褒めた。

「俺、クルマ出そっか？」

「自転車で行けるので。実はさっき返しそびれた本があって、図書館のポスト、寄りたくて」

「大丈夫？　危なくない？」

「いつものことなので。全然大丈夫です」

ぺらぺらと口を衝いて出る嘘に、いいぞ、いいぞ、と奥沢はみずからを鼓舞した。食費用の財布を持って、図書館のトートバッグにヒヤシンスの絵を突っ込む。

靴の踵を踏み潰したままアパートの階段を駆け下りると、どんどん奥沢は加速した。

路地を縫い、車道へ下りて、国道を目指して走る。

マム、ウェア・アー・ユー。アイム・イン・ユアルーム。ワッツハペンド。ウェアズ・マイ・フェイバリット・トイ。イッツ・ノット・インマイボックス。

暗い夜道を自転車で走っていると、どうしてか脳裏に教科書の英文が過ぎった。それも、自分の下手なカタカナの発音で。

ぴんと背筋を伸ばしながら、奥沢は錆びたママチャリを漕ぎ続けていた。いつ、どこで、誰に見られても、後ろ指を差されないように。

国道の手前の小さな橋の上に着くと、どぶの臭いが鼻を突いた。

自転車を下りた奥沢は、ペンキの剝げた欄干に腕を乗せ、真っ暗な川を見下ろした。

家から持ち出した食費用財布の中の金を数えると、一万四千円が入っていた。一万四千円で、何が出来るのだろう。今日ひと晩、どこかに泊まるくらいは出来るのだろうか。だけどそんなことをして、一体何が変わるというのだろう。

この財布がいくつあれば、真帆や悠になれるのだろう。彼女たちが持て余している普通を手に入れるには、いくらあれば足りるのか。

何がいけない？　何が悪い？

私のどこをどう直してどうすれば、この人生から逃げられる？

「うっぐ」

強い嗚咽に横っ腹が痛くなり、殴られたように息が掠れた。

ここで泣いて、何になる。泣けば目が腫れ、赤くなる。そうすれば絶対に、母に嫌味を言われるのに違いなかった。そして戸越は嬉々として自分をなぐさめるのだろう。またあいつらの茶番に巻き込まれるくらいなら、いっそ死んでやろうかと思った。

真っ黒にしか見えない川の水面を見つめながら、奥沢は錆びた欄干をぐっと握った。

優しい声を、思い出す。

光の色って、奥沢さんにはどんな色に見えますか？

「お嬢ちゃんどうしたの」

男の声に振り返ると、想像よりも近いところに警官が立っていた。

「あら。ちょっとティッシュはないな。何年生？」

行き交う車のライトで、橋の上は十分に明るかった。男の顔に焦りが滲んだのを見て、奥沢は自分がいまどんな形相をしているのか想像がついた。

中三です、とくぐもった声で嘘をつくと、初老の警官は意外そうに奥沢の顔をまじまじと見つめた。きっと小学生だと思われていたのだろう。奥沢は小柄で痩せていた。

「中三だったか。どうしたの、こんなところで泣いちゃって」

「ちょっと学校で……」

「学校でどうしたの」

「ちょっと、部活で揉めちゃっただけです」

奥沢が適当なことを言うと、それは大変だねえ、と警官が同情した。

手のひらで顔を拭うと、涙も鼻水もべしゃべしゃに混ざって、さらさらとした別の液体に変わってしまっていた。ひと言、ふた言、話すうちに、涙はとっくに引っ込んでいた。

「君も大変なんだろうけど、とりあえずもう帰んなさい。この辺ね、夏は不審者出るから」

「え？」

「女の子はおうち帰って泣きなさい。危ないから」

混じり気のない善意でそう諭されて、奥沢は思わず笑ってしまった。

「もう暗いから親御さんも心配してるでしょ。ね」

「はい」

「お嬢さん、可愛いんだから余計に気をつけないと」

あれやこれやと、的はずれなことばかりを畳み掛けられて、ついに奥沢は噴き出してしまった。

「なに笑ってんの。すぐ帰るんだよ。変なのにつけられてないか、気をつけて」

去って行く警官の背の反射材がゆらゆらと光っているのを見つめながら、奥沢は顔の赤みが引くのを待った。鼻の通りがよくなると、夏のどぶ川の臭いが鮮やかによみがえった。

アパートへ戻ると、おそーい、と何もかもを忘れたような声で麗奈が明るく出迎えた。

「どっか寄ってたの？　着信見た？」

「ごめん、スーパーで立ち読みしちゃって。シチュー、すぐ作っちゃうね？」

台所の蛍光灯の点滅が、アラートのように目にうるさかった。戸越は風呂に入っているらしく、どこまで自分の家だと勘違いしているのだろうと、笑えた。

テレビの中は昨日と変わらず、下卑(げび)た笑いに包まれていた。

「ねえ、この子さあ。アイドルのわりにブス過ぎない？」

「そう？」

沸騰した鍋からしばし離れて、奥沢は制服のポケットを手探った。

「こんな女、全然でしょ。あーあ。ここが都会だったらな。そしたら絶対、あんたを事務所に入れてタレントにでもしてたのに。そうしたらきっとお金だって、もっと沢山あったのに」

鍋の蓋が震える台所に戻ると、籠った熱に汗が吹き出た。

白は鉛。緑は亜ヒ酸銅。オレンジは酸化ウラン。

かつては、絵の具の毒性で死んでしまった人間だっていたのだという。

「あれ、かなちゃん風邪ひいた？　鼻赤くなってる」

風呂から上がった戸越が、冷蔵庫を開けながら奥沢の顔を見つめた。

「夏風邪ですかね？　さっき外でくしゃみが止まらなくって」

「葛根湯(かっこんとう)飲んだ方がいいよ、葛根湯。俺、持ってるからあげようか？」

母よりもこの男の方がよほど自分の顔を見ているのだ、と奥沢はこの時気がついた。

「あ、そうだ。ねえ、美容液切れちゃった」

麗奈が甘えた声でしなを作ると、戸越はすでに笑っていた。テレビの中の爆笑が、その背後で流れている。

「切れちゃった、から何なんだよ」

「買って？」

「買って、ください、だろ」

しょうがねえなあ、と言いながら、戸越は鼻の穴を膨らませていた。物を与える時の戸越ほど、いやらしい顔をしている人間を、奥沢は見たことがない。

金は、人を、動かせる。こんなにいとも簡単に、金は尊厳を奪っていく。

「かなちゃんは、なんかないの？　欲しいもの」

こいつばっかり欲が深いからさ、と戸越が笑うと、麗奈が甲高い声を上げて怒ったふりをしてみせた。

よく煮えた鍋の火を止め、パキパキとルウを割り入れる。それをゆっくりとかき混ぜていくと、鍋の中が乳白色に濁った。

「うーん……すごく欲しいってわけではないですけど、強いて言うなら浴衣ですかね？」

一年ぶりに欲しいものを口にした奥沢に、戸越はすぐに食いついた。

「なに、浴衣、欲しいんだ？」

「友達からお祭りに誘われたんですけど、みんな浴衣で来るって言うから。普段着だとちょっと行きづらいかな？　って……」

笑みを浮かべながら、奥沢はいつものチューブを取り出した。護身用のナイフのように大切にしている、アミュレット代わりの銀色のチューブだ。

「買おうよ、絶対似合うって。祭りって日曜だろ？　丁度、明日出張で札幌出るからさ、俺いいの見て来るよ」

「でも、そんないいやつとかじゃなくって全然」

「いーのいーの、せっかくなんだからいいやつ買わせてよ。好きな色とかあったら言って」

好きな色かあ、と遠慮がちに呟きながら、奥沢は手の中のチューブをひと思いに握り潰した。ブジュジュジュジュ！　と絞り出された真っ白な液体が、熱い鍋に溶けていく。

「あたし、浴衣の着付けなんて出来ないんだけど」

「誰かに頼めばいいだろ。美容室とか」

「え～わざわざ？　ていうか、あんた欲しい物とかあったんだ」

他人事のように呟く母親に背を向けて、奥沢は何度もシチュー鍋をかき混ぜた。

6

近くの水面は澱み、遠くの水面は光っていた。

神社の麓にある橋の上は待ち合わせの人々で賑わい、川沿いに並ぶ朱色の提灯（ちょうちん）が暮れていく町を彩っていた。

年に一度、この日だけ、城下町にでもなったかのように南斗の町は賑わうのだそうだ。こんなに人があふれているのを、奥沢は見たことがなかった。

川の臭いが夕暮れに漂う。

夏の水辺の生臭さは、泣く場所すらない孤独の匂いだ。

「え、絶対そうだって……ほら！」

川面を眺めていた奥沢は、馨の声に振り向いた。

「あ、みんな」

「叶、今日マジで女優さんみたいなんだけど!?」

馨にそう絶賛されて、奥沢はつい照れてしまった。超可愛いよ、と由梨が奥沢にカメラを向ける。二人とも髪の毛をまとめていて、浴衣姿が涼しげだった。

「昨日、ギリギリで浴衣買ってもらっちゃった。大丈夫かな……」

「超超超似合ってるよ！　似合ってるっていうか、美人過ぎて誰かと思った！　元々超可愛いけど！」

「着付けのついでに、ちょっとお化粧してもらっちゃって」

奥沢は小首を傾げながら、今日ここへたどり着くまでに浴びた視線のことを思い出していた。すれ違う人がじろじろと、見せ物のように自分を見る。時が経つにつれ、そのまなざしに込められているのが羨望と欲であることに、奥沢は気づいてしまった。

シャッター音が鳴り終わると、奥沢は真帆に笑顔を向けた。

「あ、その朝顔の浴衣。真帆にすっごく似合ってる。やっぱりみんなで揃えてみると、すっごく可愛いね？」

わざと無邪気に笑いかけると、でしょ、と遅れて真帆が笑った。その表情がほんの少し曇ったのを、奥沢は見逃さなかった。

生まれて初めて手に入れた浴衣は、誰のものより上等だった。制服の色によく似た濃紺の地にうす紫の桔梗の花が艶やかに散っていて、砥粉色の帯からは気品が漂う。真夜中を思わせるような暗い色が、自分の肌にはよく映えた。

「ごーめんごめん、屋台すっげ混んでた。うおっ奥沢」

たこ焼きのパックを手に人混みをかき分けてきたみなみが、馨のようなリアクションをした。予告どおりに普段着で、ジーンズにキャップを被っている。

「どこぞのアイドルかと思った。やっぱそろそろスカウト来るな。奥沢が芸能人になったら自慢しよ～」

人なつっこく笑うみなみの傍らで、宮田もこちらをじっと見ていた。ラフなTシャツをさらりと着て、男子のように無愛想だ。

ぱん、と大きな破裂音が、まだ明るい空で鳴る。

「あれ？　花火にはまだ早くない？」

スマホで時刻を見た真帆に、先駆けでしょ、とみなみが言った。何それ、と馨が尋ねる。

「え、他の地域、やんないの？　本花火の前に打つやつだよ。どこもやるもんだと思ってた」

お盆だからさ、慰霊みたいな、とみなみが音の鳴る空を見上げる。

ぱん、ぱん、と大きな音が連続すると、人々が空を見上げ始めた。橋の上で老若男女が、見えない花火を探している。

その不思議な光景に、奥沢は流星群の夜のことを思い出した。

思い出は残るのだと時枝は言った。だけどあれは奥沢にとって、決して美しい思い出なんかではなかった。

私は大人になったらこんな苦しい時代のことは、何もかも忘れてしまいたいんです。先生。

「ここで一回、写真撮ろうよ。提灯写るし、意外にいいかも」

すいませーん、と由梨が人を呼び止める。一番カメラがいいやつ宮田の、とみなみが自分の物のように宮田のスマホを差し出した。

集合写真の中の奥沢と宮田の間には、最も遠い距離がある。

「見して見して。うわ、あたし笑い過ぎだな」

「いい感じじゃん。宮田さん、あとで画像送っといて」

宮田のスマホを囲みながら、それぞれが自身の写りを確認していた。宮田はそれには目もくれず、次々と打ち上げられていく見えない花火をぼんやりと仰いでいた。

「とりあえず次神社行く？　上手いこと鳥居入れてさ、撮ろうよ」

「でも動く前にたこ焼き食べちゃお」

他人の肩越しに見える宮田の横顔を、奥沢は視界の隅で静かに捉えていた。

宮田さんのお母さんって、一昨年死んじゃったんだって。

ぱん、ぱん、と空が弾ける音は連なり、盆に還(かえ)るだろう無数の魂に町の座標を知らせていた。

神社の高台から吹く夏の風は涼やかに、暗い日没へと向かっていく。

宮田と奥沢　十七歳の秋

1

万雷（ばんらい）の拍手が鳴り止まぬ中、宮田佳乃はコンサートホールの最後列の席を立った。プログラムが続く大ホールを出て、足早にホワイエを抜けると、正面玄関まであと少しだった。

「佳乃？」

背後からそう呼び止められて、宮田の心臓は思い切り跳ねた。

「え、ほんとに佳乃じゃん。背たっかいからもしかして、って思ったらまさかの本人。元気してた？」

懐かしいはずのその声に、宮田の心はざわめいた。

池内彩奈は子どもの頃の面影をわずかに残しながらも、見知らぬ他人のような風貌で宮田の前に現れた。

「佳乃、全然変わってないね。最後会ったの、小六だもんね。四年前？」

古巣へ来たようなものだから、誰かに出くわす覚悟はしていた。しかし、彩奈と他の友人では、遭遇した時のダメージに雲泥の差がある。

ドア脇の公演案内には、東京国際芸術コンクール二次予選、の文字が大きく躍っていた。

「……久しぶり」

「久しぶり！　びっくりした。ねえ、あとで一緒にお昼行かない？　中にみんなもいるし」

宮田とは対照的に、彩奈は再会を喜んでいるようだった。

かつて、塾でもコンクールでも、自分に負けては涙を流していた親友は、いまや自信たっぷりな眼差しで自分を強く見つめていた。

「時間、ないから」

「そうなの？　残念。こっち帰って来てたんだ？　高校も北海道なんだよね？　まさか、これ観るためにわざわざ東京まで来たの？」

からかいの色を感じた宮田は、リップの彩度が高い彩奈の口元から目を逸らした。

「今回は家の用事で。たまたま予定が合ったから」

「そうなんだ？　てっきりまだ、ピアノに未練あるのかなあって」

梶(かじ)くんも凜々花(りりか)もすごかったよね、と彩奈がおもむろに大ホールを振り返る。

「佳乃、向こうでピアノはやってるの？」

彩奈の言う、やってる、が、レッスンを続けている、というレベルの話を指しているわけではないことは宮田にもすぐにわかった。

「……彩奈は？」

「私？　ママのレッスン受けてはいるけど、もう習い事の範疇。ああいう人たちみたいには全然。元々そんな才能なかったし、全然未練ない。勉強忙しいし」

結構大変なんだよ、うち、と困ったように笑いながら、彩奈は宮田のかつての第一志望校の存在を匂わせた。

「北海道の学校、どう？　楽しくやってる？」

「まあ、普通」

「場所、なんてとこだっけ？　大自然の中でののんびりってのも、いい環境じゃん。都会のケンソーを離れて、ってやつ？」

宮田の機微を気にもせず、彩奈は早口で捲し立てた。

「大学は？　東京戻るの？」

「そりゃ、戻るでしょ……」

「へえ？」

愉快そうに彩奈が目を細める。変わってないな、と宮田は思った。

「うちらが大学の話するようになるなんて、本当、時間って経つの速いね。さっき出てた梶くんは藝大受けるんだって。あ、六啓館の二個上の、高槻さんって覚えてる？　あの人なんて、去年これに出ておきながらポーンって東大入っちゃったんだからさ。ほーんと、みんなよくやるなあって感じ。すごいよね、みんな」

宮田には、彩奈の背後に勝者たちの幻影が視えた。戦場で生き残った者の背だけに憑く、幾百の守護霊のようなものが、後ろ盾のない宮田を強く排斥していた。

屋外の通路に出ると、東京の残暑の湿った風がすうっと辺りを吹き抜けた。

「まあでもなんていうか、人生って、わかんないもんだね。佳乃も昔はすごかったよね。小学生なのにラフマニノフなんて上手に弾いちゃってさあ」

でも、もうみんな子どもじゃないし、誰だってなんだって弾けると思うよ？　みんな、才能あるし。すごくやってるもん、レッスン。

放っておけば、彩奈はこのまま日が暮れるまで喋り続けるのかもしれないと宮田は思った。そして反対に自分はもう、彩奈と話したいことは何もないのだと気がついた。

きっと、彩奈は自分の傷つく顔が見たいだけなのだ。

「ごめん、もう行かないと。みんなによろしく言っといて」

宮田がその場から立ち去ろうとすると、やけに彩奈は食らいついた。

「六啓舘のさ、二十六期の新しいグループあるんだけど。入る？」

焦った顔でスマホの画面をなぞり始めたその姿に、もう心は動かされなかった。

「ごめん、いい。じゃあまた」

彩奈の次の言葉を待たずに、宮田はガラスルーフの通路を歩き始めた。


国税局前で赤のクラシックカーに乗り込んだ宮田は、無言でシートベルトを締めた。

「こういうことね」

おまえがばあさんの法事出るとか言うから何かと思えば、と父の修司が運転席で煙草(たばこ)を潰す。

整然とした車内には、煙の臭いが染み付いていた。

「築地にコンサートホールなんてあるんだな。初めて知った」

「……何回も来てるでしょ」

「築地の記憶なんて病院病院で全部上書きされちゃったよ。あ、築地市場、来月移転すんの知ってる？　揉めに揉めてさあ、豊洲行くの。豊洲」

中央市場前交差点を曲がり、新大橋通りを進むとすぐに、国立がん研究センターが聳えているのが宮田の目に映った。

「昨日の法事の飯、微妙だったよな。せっかくこの辺来たなら口直しにさ、寿司でも食ってく？　パパ、お寿司のお腹になってきちゃった。立体駐車場あるかな、この辺。路面だとさ、この車目立つからさ」

ぱ、とスマホが明るくなり、宮田が膝の上に視線を落とすと、メッセージグループへの招待が来ていた。彩奈からだ。

まだ連絡がつく状態だったんだ、と宮田は驚いた。あれからもう何年も、連絡などなかったのに。

「なに寿司がいっかな。佳乃、なんか検索入れて。おいしいおすし、築地。銀座まで出ると高そうだから。でもランチならそうでもねえのかな。あ、そんでおまえ、友達とか会ったの？　塾だかピアノの」

修司が再び煙草に火を付けたのを見て、宮田はウィンドウハンドルを回した。細く開いた後ろの窓から、車内に風が吹き込んでくる。

「ちょっと話しただけ」

「へー。みんな元気だった？」

「それなりに」

「それなりにって何よおまえ？　愛想ねえＯＬじゃねえんだから、もっと話広げなさいよ」

理不尽な怒りを滲ませた修司が、心底面倒くさかった。

これだから家は嫌なのだ。

「……誰がどこ受験するとか、誰だか先輩が東大入ったとか」

「誰だか先輩、自慢かよ。知らねえけど。ていうかおまえは大学行くの？　短大？」

は、と思わず言いかけたのを、すんでのところで食い止めた。

「……四年制大学に行く予定ですけど」

「ふーん。え、東京戻んの？」

「その予定です」

五月に行われた三者面談に、修司は来なかった。それは予想していた通りだったが、まさか進学するかどうかを今更尋ねられるとは思ってもみなかった。

学生時代の修司よりも、ずっと自分は優秀だという確信が宮田にはあった。

「音大受けるんだっけ？　笙子んとこの」

「受けない」

「あ、そう。せっかくピアノやらしたのにな。無駄んなったな。じゃあいま学校で進路がどうとかやってんだ。志望校とか、あんの？」

ふと修司の目が、バックミラー越しにこちらを向いた。その一瞬を逃さずに、宮田は後部座席から鏡の中の父親を睨みつけた。

「東大。十分狙えるって言われてるから」

大爆笑に、車内が揺れた。修司が笑い転げている間に、信号が赤に変わる。荒く減速した修司の車が、前の車との距離を詰めた。

「いやいや。佳乃ちゃん。君ね？　まあいいけど。いいよ、何事も挑戦だから。久々こんなに笑ったわ、俺」

修司のふざけた猫なで声に、宮田は頭に血がのぼった。

「……別に冗談で言ってるんじゃないんですけど」

「いや、だからいいよ。受けなさいって。誰の入れ知恵だよ、面白いこと言いやがって」

修司が思い切り吐いた煙が、車の中に充満する。嫌な臭いが、髪に服に染みていく。

「あれだな、ママが駄目だったな。あれこれ、なんでも佳乃に詰め込んでさ。まあいいや、いいよ。やりたいなら、やってみればいいと思うよ、パパは」

髭の目立つ特異な風貌をした男は、自分が娘よりも抜群に優位に立っているという確信でもあるかのように、鏡越しににっこりと笑った。

馬鹿な男だ、と宮田は思った。

そうやって、一生勘違いしていればいい。

「これ、もう銀座入っちゃってんな。せっかくだから戻る？　もうお寿司屋さん検索した？　パパはねえ、海鮮丼でもいいかもしんない」

修司のコミカルな演技に胃がもたれた宮田は、真昼の銀座通りに視線を滑らせた。

二年一組の入り口に群がった下級生をかき分けて、森みなみが大声を上げた。

「奥沢ー、お客だよ！」

自席で文庫本を読んでいた一人の生徒が、名前を呼ばれて目線を上げた。特別目を引くその美貌は、いまだに宮田をはっとさせる。

「美術部の子？」

「か、どうかは知らんけど、いっぱい」

ありがとう、と奥沢叶が立ち上がると、幼い歓声が廊下に漏れた。別校舎からわざわざ来たのか、中学生らしき姿もちらほらと目に付く。

宮田ら一期生が高校二年にまで上がり、中高あわせて五学年が揃った築山学園は、年を経るごとに校内の活気を増していた。

みなみと一緒に教室に戻って来た宮田は、入れ違いに廊下へ出て行った奥沢の背中を見つめていた。

「朝のアレで、本日は余計にファンが多いわけですな」

「ああ……」

奥沢は今朝の全校朝礼で表彰を受けていた。夏休み前に出展した絵画コンクールで、最優秀賞を獲ったらしい。

「せーの、おめでとうございまーす！」

廊下に響いた黄色い声に、宮田は少し、引いていた。

奥沢の人気は絶大で、昼休みには毎日のように後輩が列をなしていた。その群を抜いた美貌に加え、優秀な成績と柔らかな物腰、そして部活動での表彰とあっては、奥沢叶を知らない者はこの学校にいなかった。

「から揚げ追加、余計だったな。やめときゃよかった」

自席で姿勢を崩したみなみが、昼食い過ぎた、と唸った。宮田もその手前の席に座る。

「だからやめれば、って言ったのに」

「食べる前はいけると思ったんだって。ギャンブラーはみんな勝負の前は勝てると思っている」

奥沢先輩おめでとうございます、という声がまた廊下に響き渡ると、みなみが寝返りを打って戸の向こうを眺めた。

「スゲーな、女子校みたい」

騒がしい後輩たちに取り囲まれた奥沢は、慈愛に満ちた微笑みを浮かべていた。相変わらず、作り物のように立ち姿が美しい。

「事実、女子校でしょ」

「あのエリアだけマンガの女子校だよ。でも、築山二大賢者の片割れの宮田先輩も隠れた人気あるってよ」

その二大賢者って何、と宮田は呆れて呟いた。

「東大一直線ツートップ？　奥沢先輩は言わずもがなとして、宮田先輩は背え高くて暗いからカッコいいんだってさ」

「……私、別に暗くないんだけど」

「それってマジで言ってんの？」

教室の窓から見える木々の葉が色づく季節まで、あと少しだった。

高校三年次のすべてを受験勉強に充てる築山学園において、全員参加の学校行事は高校二年次までしかなかった。宮田ら一期生に残された高校生活のイベントは、あと一つしかない。

もうすぐ合唱コンクールがある。

「行事予定表見て気づいたんだけどさ、合唱の当日って宮田の誕生日じゃない？」

宮田が答えるよりも早く、みなみがスマホを確かめた。

「誕プレ、なんか欲しいものある？」

「え、なんだろ」

いきなり難しい質問をされて、宮田はふと天井を見上げた。

「考えといて。あたしの持ち金で買えそうな範囲ね。iTunesカードとか金券はなしな。そういや宮田、伴奏やんないの？　合唱の」

そろそろクラスで指揮伴奏決めるんじゃない？　とみなみがスマホをいじりながら言う。

校内合唱コンクールは今年度から催される新行事だった。五学年が揃い、高校からの外部生も増え、ようやく学校のかたちが整ってきた築山学園の新たな試みとのことだった。

「やるつもりはないけど」

「つもりはなくても、ああいうのは勝手に担がれるもんだから」

ピアノつったら宮田、宮田つったらピアノでしょ、とみなみが笑う。

旧宣教師館で宮田がピアノを練習していることは、クラスメイトや寮生のみならず、いまや教師や後輩にも広く知られていた。

「ゲゲ……」

スマホを見ていたみなみが、露骨に眉を顰めた。

「どうしたの」

「ごめん。あたし、今日ちょっと先に帰るわ」

面倒くさそうに頰を膨らませながら、みなみが画面に指を滑らせる。

夏休みから付き合い始めた他校の男子生徒に、みなみは常に辛辣だった。中三の頃から数えて、三人目の彼氏だ。付き合い方はいつも似ていた。

「そんな面倒なら、そもそも付き合わなきゃいいのに」

スマホを見ながら宮田が言うと、それは一理ある、とみなみも言った。

「でも付き合い始める前はちゃんと期待があるわけじゃん？　今回の男は違うかもって。まだから揚げ食えるかも、と一緒で」

「から揚げ、食べ過ぎだったでしょ」

「まあ実際はから揚げは食い過ぎで、今回の男も今までと何も違わないんだけど……」

「違わないいんじゃん」

「でも人間、期待するのをやめたら終わりですよ」

ふーん、と宮田が呟くと、まあ宮田はまだわかんなくていいや、とみなみが笑った。

「宮田、いまそれ何やってんの？」

「政経一問一答」

「ガリだな〜。それより、昨日の分と合わせてあたしにハート送っといて」

みなみに催促されて、宮田はゲームアプリに切り替えた。

最近、宮田とみなみはゲームを一緒にやっている。子猫を育てる育成ゲームだ。ログイン画面を抜けると、宮田の猫は庭を駆け回り始めた。

2

応接室に呼び出された奥沢叶は、革張りの椅子に腰掛けながら、手渡された書類に目を通していた。

「絵、いいタイミングでしたね。さらに箔がつく。学業面だけでも君はまず通ったでしょうが、これでほぼ確定でしょう。あとは来年、小論を提出するくらいですかね。学校推薦は任せてください」

教頭の堂本忠嗣が満面の笑みを浮かべながら、膝の間で手を組み合わせる。

奥沢が受け取った書類には、市の奨学金制度の資格要項が記されていた。

「ありがとうございます。今後も励みたいと思います」

わざと可憐ぶって微笑みかけると、満足そうに堂本は笑った。

「しかし、最優秀賞とはすごいですね。本当に多才で驚きましたよ」

奥沢が入賞した絵画コンクールは、青少年育成事業を手がける財団法人が主催していた。その法人は独自の奨学金制度を設けている。

今回の受賞は、市と法人、双方の奨学金推薦に効くはずだ。

奥沢はそれを狙っていた。

「絵、来週には学校へ返却されて来るそうですね。美術室前の掲示板を空けて、楽しみに待っていますよ」

今後も頑張ってください、と象のような手を差し出され、奥沢も椅子から立ち上がった。堂本に負けない力強さでその手をきつく握り返すと、ふつふつと身の底から野心が湧いた。

持てる能力のすべてを使って、この人生から脱け出してやる。

階段をひとつ上がっていく度に、くたびれた白衣の裾がひらひらと揺れた。

「朝礼。見てましたよ。すごいじゃないですか」

応接室を出たあと、頃合いを見計らって職員室前へ向かった奥沢は、中から出てきた時枝邦和に偶然を装って声をかけた。

「ありがとうございます。来週、三階の廊下に貼られるみたいです」

「春にも公募のコンクールで入賞してましたよね。うちのクラスの人たちも騒いでましたよ。奥沢さん、人気あるから」

丸めた図解ポスターを抱えている時枝の横を、一年生が駆け下りて行く。奥沢はその白い背中を見つめながら、ゆっくりと階段を上がっていた。

「次の授業、どこなんですか？」

「ホームルームです。うちのクラスの。合唱の指揮伴奏、決めないと」

時枝は高校一年三組の担任だった。高校からの外部生のみで構成されている二組と三組は、一年も二年も独特の活気があった。少しでも雑談を延ばそうと、合唱かあ、と奥沢は繰り返した。

「合唱なんて、小学校以来です。私」

「歌、得意ですか？」

「あんまり……」

「ちなみに僕は超音痴なんですけど」

奥沢さん、指揮、やってみたらどうですか？　と思いついたように時枝が言った。

「どうしてですか？」

「いや、雰囲気で。やればいいのに」

ファンの後輩が沸きますよ、とからかい半分に時枝が言う。

中学生の頃から再三、自分から話しかけに行っていたおかげで、奥沢は随分と時枝と仲良くなっていた。車のナンバーだって覚えている。

「私、音楽なんて全然わからないので……楽譜もあんまり読めないし」

そう口にしてみると、どうしてかそれはとても恥ずかしいことのように思われた。

「別に楽譜なんて、読めなくても困らないんじゃないですか？　クラス合唱だし」

「先生、指揮、やったことあるんですか？」

「ないですけど。両手振ってりゃいいんじゃないですか、なんとなくで」

「そんな適当な……」

「僕の中高の時の校内合唱の指揮なんて、そんなもんでしたよ。ノリとして」

プロのオーケストラ振るわけじゃないんですから、と時枝が最後の段差を上がる。

「あんまり真面目に考え過ぎずに。こういうのは思い出ですから」

二階に着いてしまうとすぐに、時枝は自分の教室がある側の廊下へと歩き出した。別れ際、時枝はいつもこうやって挨拶もなく行ってしまうので、奥沢は寂しくなる。

「じゃあ、私、考えてみます」

三階へ続く階段を上りながら、奥沢は階下に向かってそう言った。時枝はそれを振り返ることもせず、ヒラヒラと手だけ振っていた。

気持ちがあるのは自分だけだなんてことは、十分過ぎるほどにわかっている。


鍵のかかる机は、中三に上がる年に戸越に買って貰っていた。

「寝る前、ストーブ消すの忘れないで。勉強いいからさっさと寝てよね？　最近灯油高いから」

「うん。おやすみ」

襖がばちんと閉められると、すぐに奥の部屋からは麗奈のいびきが聞こえ始めた。母の眠りを確認してから、奥沢は静かに机の一番上の引き出しの施錠を解いた。

南斗市奨学資金制度募集要項。

公益財団法人子ども教育支援振興会奨学資金制度募集要項。

独立行政法人日本学生サポート機構奨学資金制度募集要項。

書類の端には、自分で書き込んだ月ごとの支給額が記されていた。

五万一千円。五万一千円。最高十二万円。

合わせれば、年額にして二百六十六万四千円だ。それだけあれば、親元を離れても十分に暮らしていくことは出来そうだった。返還義務のない、南斗市や子ども支援会の奨学金とは違い、貸与型であるサポート機構の奨学金はいわば借金だった。つまり、大学を卒業すると同時に立派な債務者になるわけではあるが、奥沢には十分に魅力的だった。

大学に行けばアルバイトだって出来る。ことに東大生の家庭教師には需要がある。

奥沢は、本当に東京大学を目指す気でいた。模試の結果から見ても、それは決して不可能ではない。宮田に遅れを取らないために磨いて来た学力は、いつの間にか自分の人生を大きく変えようとしていた。ここまで来たら降りるわけにはいかない。

前回の学力テストの総合点は、なんとか宮田に辛勝(しんしょう)していた。常に全教科安定している宮田に勝つのは珍しい。合唱コンクールの翌週には定期テストと、高二模試がある。次回だって負けられない。

だけど、指揮者には立候補しようと奥沢はもう決めていた。

3

二年一組が指定された合唱曲は『落葉松（からまつ）』だった。

「あたし、中三の子たちみたいなJ－POPが良かったんだけど」

冴島真帆が楽譜のプリントを不満げに弾くと、中三って何やんの？　と館林悠が尋ねた。

「何やるかまでは知らないけどさ。うちらの曲、超真面目くさいんだもん」

「まあ、ガチの合唱曲がダルいというのはある」

あたしバリバリの合唱曲派、と羽鳥由梨が手を挙げると、ウソぉ、と真帆たちが声を合わせた。

窓辺の自席で、宮田はうとうととその光景を眺めていた。

夜更かしのせいか、うっすらと頭痛がする。入眠間際で手が止まらなくなり、昨夜は午前二時過ぎまで文法アプリをやり続けていた。

「おい、未読無視の女」

目を開けると、いつの間にかみなみが登校して来ていた。いきなり糾弾された宮田は、あくびをしながら教室の隅のコンセントを指した。白い充電ケーブルにスマホが繋がっている。

「寝る前に電池死んだ……」

「充電中でもスマホ見るっしょ、普通」

みなみが前の席に鞄を置くと、子猫のキーホルダーがゆらゆらと揺れた。

「なんか事件でもあった？」

「いや、単にゲームのアイテムが更新されたよって話」

「どーでもいい……」

宮田が呆れると、みなみがやたらとむきになった。

「全然どうでもよくないよ。今、あたしがこの世で真面目に取り組んでんの、あのゲームしかないんだから」

猫じゃらしのタイプがこんなに増えました、とみなみがスマホを突きつける。宮田がもう一度あくびをすると、目の前の景色がぼやけた。

「それって、自分の部屋とか作れるやつ？」

由梨にそう尋ねられたみなみが、そうそう、とゲームの画面を見せる。

「部屋作って、猫とか飼って、愛でる系。宮田と最近やってるんだ。ちなみに宮田がズボラだから、宮田の猫は結構お腹空かせてることが多い」

画面上のみなみの猫は、カツカツと猫缶を食べていた。人聞きが悪い、と宮田がぼやく。

「別にそれゲームだし、猫、生きていないし……」

「生きてます～あたしがちゃんと餌あげてるから宮田の猫も元気なんです～」

宮田がスマホの電源を入れ直すと、確かに七時半頃にみなみからメッセージが入っていた。

「あー、連携とかすると友達の部屋も行けるんだ」

「そうそう。由梨もやる？」

「うーん」

笑顔で渋る由梨を見上げて、それはそうだろう、と宮田は思った。特に面白くもないゲームなのだ。

ログインすると、またみなみからハートが届いていた。重いまぶたをこじ開けながら、宮田は惰性でハートを送り返した。

奥沢が指揮者に立候補すると、ホームルームは今季一番の盛り上がりを見せた。ほかの候補を募る前から、北野馨が黒板に『指揮↓叶♡♡♡』と書いてしまうと、クラス中から歓声が上がった。

「待って待って！　もし他の人がいなければ、の話だから。議長だし……」

「他の立候補者、いる？　いないよね？　はい、拍手〜!!」

困り眉の奥沢をよそに、教室の中には拍手と指笛が飛び交った。

その賑やかな輪の中で、宮田はひとり居心地が悪くなっていた。

確かに、想像がついたことではある。奥沢本人が望まずとも、どうせ誰かの推薦で奥沢は指揮者に担がれていたことだろう。

だけど、わざわざ自分から担がれに行く必要があるだろうか？

相方の伴奏が誰になるのかくらい想像しておいてくれ、と宮田は思った。しかし、自分が思う程、向こうはこちらを意識していないのかもしれず、それはそれで不服だった。

いまだにどうにも苦手なのだ。この嘘くさい優等生が。

「では指揮者が大決定したところで、伴奏者も決めちゃいます！　宮田がいい人は挙手！」

馨がわざと笑いを取るような進行をすると、その流れに乗ってクラスのほぼ全員が手を挙げてしまい、宮田は呆気にとられてしまった。待ってました、と拍手が起こる。

「ちょっと。普通、立候補から募るでしょ？」

「だって、もうみんな宮田がやるもんだと思ってんだから良くない？」

満場一致なんだもん、と馨が勝ち誇った顔で言うと、再び宮田は拍手の渦に飲み込まれた。

壇上の奥沢が、ニュースキャスターのような笑顔をこちらに向ける。

「念のため、他に伴奏をやりたい人はいませんか？　いない？　いなければ、推薦された宮田さん。お願いしてもいいですか？」

選択肢がないだろ、と宮田は思った。

「……いいですけど」

決定、と馨がさらに騒ごうとすると、さすがに担任がそれを止めた。やっと静かになった教室で、ドリームペアじゃん、と誰かが呟いたのが耳に届いた。

合唱コンクールは校内行事だが、開催場所は市民ホールだ。たかだかクラス合唱の伴奏とはいえ、宮田が大勢の前でピアノを弾くのは小学生以来のことだった。

「さて、朝練のお知らせでーす。来週から合唱の朝練が始まるので、七時四十五分には教室で練習を始められるように登校して来てください。朝早くてキツいけど、最後の学校行事だし頑張ってこ。パートリーダーとかは今日の音楽の時間に佐田先生が決めるらしいです。放課後練習についても、六限のときに」

伝達をする馨の傍らで、奥沢はいつものように微笑んでいた。宮田はそれを、ちら、と見る。試験だって近いのに、面倒なことになってしまった。

放課後、いつものように旧宣教師館のピアノの前に座った宮田は、譜面台で楽譜を開いた。

曲はバッハの《半音階的幻想曲とフーガ》だ。

先日、浜離宮のホールで聴いた、かつてのピアノ仲間たちの演奏の中で、一番上等な演奏をしていたのが藝大志望の梶涼介だった。その梶が弾いていた課題曲が《半音階的幻想曲とフーガ》だった。

南斗へ戻って来てから、宮田はずっとこの曲ばかりを練習していた。自分でもその動機には、うすら寒い気持ちを覚えていた。

ひたすらこれを練習したところで、どうなるというのだろう。自分のほうが上手く弾けるとでも、思いたいのだろうか。もう二度と会うこともないだろう梶に向かって。

佳乃も昔はすごかったよね。小学生なのにラフマニノフなんて上手に弾いちゃってさあ。

彩奈の言葉が脳裏を過ぎると、思わず宮田の運指はもつれた。

自分だってもう遊びでしか弾いていないくせに。ピアノから降りてしまったくせに。

あれだけ彩奈をピアノに塾にと追いやっていた彩奈の母が、ピアノを辞めるのを許していたことは俄かには信じ難かった。中学受験に勝ったら気が済んだのだろうか。彩奈はいま、あの母親にどんな風に接しているのだろう。

相反する思いが、過ぎっては消える。

自分はもう、第一線にいない。だけどもし、あのままピアノを続けていたら。こんなところに、追いやられていなければ。

梶や凜々花など、敵ではなかったはずなのに。

昨日より、一昨日よりも正確に、宮田はこの曲を摑み始めていた。しかし、いま宮田に課されているのはバッハの課題曲ではなく、クラス合唱の伴奏だった。

昼休み、いつものように教室前の廊下には奥沢のファンがたむろっていた。もんやりとした頭痛に眠気を誘われ、宮田が自席で伏せっていると、トイレから戻ったみなみが教室の入り口で誰かと話しているのが見えた。

奥沢宛ての手紙でも預かっているのだろうと再び目を瞑ると、すぐにみなみはやって来た。

「起きろ宮田」

「……寝てますが」

「宮田にお客だよ。一年」

「私に？」

奥沢の間違いじゃないの、と思わず口にしてしまい、宮田は辺りを確かめた。わざわざ教室に訪ねてくるような仲の後輩など、自分にはいないはずだ。

「誰？　寮の子？」

「知らん。ほら、宮田先輩も背が高くて暗いから……」

野次るようなフレーズで送り出そうとするみなみを睨みつけると、一瞬、宮田の景色は立ちくらみに揺れた。昨日も寝つくのは遅かった。

「客ってどれ？」

「あのチョンマゲ」

みなみの指す方向を見やると、確かにチョンマゲがいた。ふわついた髪を頭のてっぺんでハーフアップにしていて、目立つ。

宮田がおそるおそる、背を屈めながら戸の前に近寄ると、当の後輩もこちらを窺うような表情で宮田を見上げた。

知らない顔だ。

「あの、宮田先輩ですか？」

「そうですが……」

「二年に宮田って、一人だけですか？」

あっでも確かに背は高い……とチョンマゲは勝手に納得した。やたらに地声が大きく、苦手なタイプだ、と宮田は思った。

「で、誰？」

宮田が少し背を正すと、ようやくチョンマゲは名を名乗った。

「一年三組の、汐見茜です。ピアノの先生から宮田先輩の話を聞いて、気になったんで、見に来ちゃいました」

動物でもあるまいし、見に来たとはなんだ、と思いながらも、予想だにしなかった方面からの来客に宮田は驚いた。

「……南斗のピアノの先生に知り合いなんていないけど」

「え、安斎先生んとこで弾いたことないですか？」

「安斎？」

誰それ、と言いかけて、宮田は古い記憶を掘り返した。まさか、入学直後に一度だけ見学に行った教室だろうか。

「……キモいくらい花柄の壺とか置いてある日本家屋の失礼なおばあさん？」

「それです！　私、いまあそこに通ってて」

「で？」

「こないだ私が学校の話してたら、宮田先輩の話をされて。それで、どんな人なんだろ～と思いまして。聞いてたよりは怖い感じの人じゃなくって安心しました」

人の噂を勝手にするなという気持ちと、よく数年前に一度会ったきりの奴のことを覚えているなという気持ちが、混ぜこぜになる。

あのときの記憶なんて何もない。

「私、あの先生になんて言われてるの？」

「不遜で、失礼で敵意むき出しで、めちゃめちゃ腹立ったけど、演奏自体は素晴らしかったっつってました。背が高くて態度もでかいって」

外飼いの犬のような元気さで、汐見は悪気なさそうに白い八重歯を覗かせた。

「……で、その背が高くて態度もでかい奴に何の用？」

「宮田先輩、放課後に裏林の洋館でピアノ弾いてるって本当ですか？」

内部生の子に宮田先輩の話したら、絶対それ洋館の先輩だよ！　って言われて、と汐見がくりっとした目を輝かせた。

「安斎先生って、めったに生徒褒めないんですよ。厳しいばあちゃんじゃないですか。あの先生が褒めるんなら、宮田先輩ってよっぽどなんだろうなって。聴かせてください。先輩のピアノ。今日、洋館に見学に行っても良いですか？　悪いってこともないですよね、逆に」

知らない犬に飛びかかって来られたかのような展開に、宮田はたじろいだ。

「いや、それはちょっと……」

「え、なんでですか？　別に録画とかはしないんで」

それは当たり前でしょ、と宮田が言い返すよりも早く、馴染みの声が駆けつけた。

「今日は講習の後、あたしと本屋行くからダーメだよ」

わざと変な抑揚をつけたみなみが、両手で大きくバツを作ると、ども、と汐見が会釈した。

「キミ、超声でかいな。全部聞こえてたんだけど」

「よく言われます」

みなみを気にせず汐見は続けた。

「じゃあ、明日なら良いですか？　もし明日もダメっていうなら、いつ空いてるのか教えてください。私が都合つけるので」

「は？」

ここまで強引に来られた経験がなかった宮田は、助けを求めにみなみを見た。えらいガッツあるの来たな、とみなみも半笑いしている。

「で、宮田先輩はどうすんの？」

「どうすんのって……」

汐見に根気よく見つめられたまま、みなみに肘で小突かれて、宮田は逃げ場を失った。

「……明日なら」

「本当ですか？　やった！　明日って二年は講習ありますか？　ない？　なら、七限終わったらすぐ、昇降口のとこで待ってますね！」

手を大きく振りながら、汐見の背中が小さくなる。

変なのに目をつけられてしまった。


「あのチョンマゲ、とんでもないな」

ブックスツキヤマでみなみが修正テープを選んでいる間、宮田はペンの試し書きをしていた。備え付けの細長い紙にピンクのト音記号を書いていく。

「ていうか宮田、よくオーケーしたね」

「だってみなみが止めてくれないから……」

「あたしのせいか？　それ」

ただでさえここ数日、複雑な気持ちでピアノに向かっているのに、妙な後輩に構っている余裕なんて残されていない。明日は合唱練習が始まる前の、最後の日だった。

放課後練習が始まれば、しばらくピアノは使えない。

「ま、明日は一緒に行ってあげるよ。旧宣教師館。チョンマゲがうるさくしたら、速攻どうにかしてあげるって。ね、このフラミンゴ型のふせん、買ったら使うと思う？」

いらないでしょ、と宮田が言うと、いらないかなあ、とみなみがふせんをフックへ戻した。

「あ、誕プレ。欲しいもん、考えた？」

ほれ猫のスリッパ、とみなみが手近にあった雑貨を両手にはめておどける。

「そういうかたちのやつはたぶん寮ＮＧ」

「宮田の好きなもの、いまだによくわかんないんだよな。なんでもいいから早めに考えといてくれ、準備期間とかあるから」

そんな気合い入れなくていいよ、と宮田が言うと、はあ～？　とみなみが語気を強めた。

「本当にキミは人間関係というものをわかっていないな」

「何、いきなり」

「そういうことを言われると、こっちが傷つくって言ってんの」

ほれ果物柄マステ五連セット、とみなみが文具を掲げる。宮田はそれもぴんと来ず、雑貨コーナーを見渡した。

ひとつくらい欲しいと思えるものがあってもいいはずなのに、何が欲しいのかわからない。


活気あふれる夕飯どき、寮の食堂は混んでいた。

「宮田、あとでちょっと英語教えて」

宮田の隣にトレーを置いた馨が、テーブルコショーに手を伸ばす。今日の夕食は味噌ラーメンで、馨の好物だった。

「昨日のテストのやつ？」

「ああいう地味そうに見えて全然当たんないやつ私ダメだわ、inとかonとかtoとか、どれ入れても大丈夫そうに見えるじゃん？」

「全然そんなことはない……」

「うっさいわ」

お風呂の後でならいいよ、と宮田が言うと、サンキュー、と馨が麺を啜った。今年の春の部屋替え以来、宮田の相部屋は馨だった。

「テストの見直しやるとか偉いね」

あたし普通に壊滅的だった、と斜め前の席で真帆が言うと、それでもやる気は起きんよな、と悠が同意した。そのコメントに馨が驚く。

「でも、わかんないとこあると授業中きつくない?」

「どっこい、その発想がないんですよね」

まあ高三になったらさすがにうちらも頑張るべ、と悠が真顔で呟くと、隣で真帆が爆笑した。

「馨と宮田さんってさ、模試の志望校書く欄にちゃんと志望校書いてんの? マジのとこ」

真帆に尋ねられて、馨がれんげを持つ手を止める。

「んー、真面目に書いては、いる」

「どこら辺? まあ、聞いてもあたしわかんないけど」

「どこら辺って言うのかなあ~……」

志望校をぼかすなんてらしくないな、と宮田は思った。

馨は中学の頃から医学部へ行くと公言していて、そのために上位の成績をキープし続けていた。謙虚を貫く奥沢とは違って、大いに能力をひけらかすタイプだった。

「宮田さんは? 東大とか書いてんの?」

「書いてるよ」

からかい半分で尋ねてきた真帆を、宮田は一蹴した。

「実際、宮田さんが現役で東大入ったら自慢していい？　親戚とかに」

「……自慢の範囲、広すぎない？」

「友達が東大合格したなんて言ったら、家の中のあたしの株も上がるかもなんで」

そういうのロンダリングって言うんだっけ、と真帆が言うと、いや全然違くね、と悠が厳しく突っ込んだ。

ラーメンスープを飲み干した由梨が、ふと思いついたように尋ねた。

「佳乃ってさ、将来何になりたいとか、あるの？」

それ一周回って新鮮な質問、と悠が言う。確かに聞いたことないわ、と真帆も身を乗り出した。

「東大の人ってさ、卒業したら何になるの？　総理大臣？」

「いや官僚とかじゃん？」

「官僚って何すんの？」

「知らん」

真帆たちの掛け合いを真に受けた由梨が、じゃあ佳乃も官僚になるの？　と真面目に尋ねる。

いきなり白紙の束を手渡されたような気持ちになった宮田は、ぼんやりと食堂の隅へと視線を逃がした。

「官僚とかは考えたことない」

「じゃあ他に何かあるの？　志望っていうか」

「……弁護士とか……」

適当に口を衝いて出たのは、よりにもよってそれだった。自分でも驚いて、ひどく気分が悪くなった。

「へえ、すごい。佳乃のお父さんって、弁護士なんだっけ。事務所を継ぐ、みたいなこと?」

「そういうのは全然ない」

ていうか本当にまだ何も考えてないよ、と宮田が言い直すと、それを照れ隠しだと思ったのか、由梨は朗らかに笑っていた。

宮田の麺がのびていく中、進路の話は続いていた。

「由梨って薬学部志望なんでしょ? なんで?」

「薬局って全国どこにでもあるし需要もあるから。どこ行っても資格活かして働けるのいいなーっていう現実的な動機」

「めちゃめちゃ地に足ついてない? あたし資格とか考えたこともないわ」

これじゃ雄大みたいなバカ学生で人生終わる、と真帆がため息をつくと、雄ちゃん元気?と由梨が訊いた。真帆は今年の夏休みから、地元の大学生と付き合っている。

みんなの話を聞いているうちに、宮田はふっと、浮くような感覚に襲われた。波打ち際で足を取られて、転びそうになるような。

由梨の言う将来、よりも、自分が口にする将来、のほうが、解像度が粗い気がするのは何故だろう?

「チャリ予約するんでお先ー」

馨が席を立ったのにつられて、宮田もトレーを持って立ち上がった。あまり食欲は湧かず、スープも麺も残してしまった。


寮監室のドアを開けると、杉本聡子は細長いハサミでオレンジの色画用紙を切っていた。

「おスギ、チャリ予約さしてくださーい」

元気よく入室した馨とは対照的に、ぺこ、と頭を下げて宮田は静かに部屋の中へ入った。杉本さん、でしょ？　と杉本が馨の言葉を正す。

「二人とも自転車の予約？」

「そうでーす。あ、よかった。まだ空きある」

壁に貼られた予約表に自分の名前を書き込みながら、宮田は何時？　と馨が訊いた。九時、と答えると、馨がそれを記入する。

部屋替えのある寮生の部屋とは違い、ずっと杉本が一人で使っている寮監室の中は、寮で一番生活感があった。杉本のデスク周りはいつも散らかっていて、きっと整頓が得意ではないのだろう。

「それ、カボチャですか？」

宮田が尋ねると、杉本が色画用紙の飾りを広げた。

「そ。来月、ハロウィンでしょ？　だから」

「可愛いですね」

「ありがとう。これからこれに顔付けてくの。カボチャのおばけ」

寮の玄関ホールには、いつも杉本が作った季節の飾りが飾られていた。九月の今は、どんぐりを拾っているリスがいる。

「そういえば、合唱の練習っていつから？　今年はハロウィンよりも先にそっちか」

「月曜からすぐ……」

私、伴奏をやることになったんです、と宮田は杉本に教えようとした。

「先生先生先生!!」

突然、大声を上げて飛び込んできた中学生に、宮田は思い切り気圧(けお)された。うおっ、と馨も跳び上がる。

「こらどうしたの、そんなに走って！」

「先生先生、またみっちゃんと穂花(ほのか)がケンカ始めて穂花がべちゃべちゃ泣いちゃった！」

「またケンカ!?　困ったな～」

ちょっとここ見ててくれる？　と宮田たちに言い残し、杉本は廊下を小走りに歩いて行った。

「おスギも大変だな～キャンキャンした中学生の相手」

「馨も大概あんなのだったよ」

「うっさいわ」

より年少の子どもに大人の目が向きやすいのは仕方のないことで、それを寂しいと思うのは自分が幼稚なだけなのだろう。

宮田がカッターマットの上のカボチャを見下ろすと、その顔にはまだ片目しかつけられていなかった。半月型の黒い目が、笑っている。

ぱん、と両手を鳴らして拝まれて、宮田は自分が神社の鈴にでもなったような気持ちがした。

「ごめん、最悪のタイミングになってしまった」

「いいよ、別にそんな謝ることでもないし……」

みなみが約束を反故にしたのは、終礼の後だった。急な彼氏からの呼び出しで、旧宣教師館に付き添えなくなってしまったのだと、みなみは何度も頭を下げた。

そんなに謝るくらいなら向こうを断ればいいものを、と宮田は思ったが、みなみにその気はないようだった。こういうことは、度々あった。

「最近、険悪でやばいからさ。マジでごめん。チョンマゲ、ひとりで大丈夫？」

「別に取って食われるわけじゃないし。そっちこそ彼氏、大丈夫？」

「こっちは面倒になったら別れるから平気。でも電話で揉めるのは微妙だから」

宮田も面倒になったらすぐにチョンマゲ置いて逃げちゃいな、とみなみが宮田の肩を抱く。

昇降口から見える空模様はもう崩れかけていた。

「傘、持ってる？」

「折り畳みある。じゃー本当悪いけど、ピアノ頑張って。やばいことあったらすぐ電話して」

他の生徒たちと同じ速度で歩いていたみなみが、どこかのポイントで走り始める。そのポニーテールの背中がどんどん遠ざかって行くのを、宮田はガラス扉越しに見つめていた。

「みーやた先輩！」

わ、といきなり背を叩かれて、宮田は思わず悲鳴を上げた。

っくり返った。

「お疲れです。待たせてすいません！　あれ、先輩だけですか」

ポニテ先輩も一緒かと思ってました、と汐見がローファーをたたきに放ると、片方の靴がひ

旧宣教師館へ向かう途中、汐見は喋り続けていた。

「宮田先輩って、寮生なんですよね。あそこの寮ってピアノあるんですか？　なければ来週から困りませんか。音楽室も洋館のピアノも使えなくなるらしいですよ。それとも実は教室通ってたりするんですか？　いい教室あるなら教えてくださいよ、変えるんで」

周りの友人もそれなりによく喋るタイプだと思っていたが、こんなにも相手を置き去りにして喋る人間を宮田は久しぶりに見た。

「……寮にピアノはない。教室も通って、ない」

「そうなんですか？　じゃあピアノ難民じゃないですか。毎日、弾けないと困りませんか？私は絶対無理だなあ」

「合唱の伴奏があるでしょ」

クラス合唱の伴奏なんて弾くうちには入らないと思っていたのに、つい宮田はそう答えてしまった。

葉が色づき始めた白樺が、雨の前にざわめいていた。裏林に吹く風は、真冬のようにつめたかった。

「先輩たちのクラス、なに歌うんですか？　うちは『流浪の民』です。シューマンの。みんな、

もっと今どきの曲がやりたかったのに、音楽の先生が勝手に決めちゃって」

　今朝は手袋をはめるのを忘れてきてしまった。気が緩んでいる証拠だ。これくらいの季節にはもう、手袋をはめるように心掛けていた。本当はもっと、年間を通して指を冷やさないよう、きつく言われていたのに。

　ピアニストの指は何よりも大切なものだから。

「そういえば宮田先輩って、どこの人なんですか？　札幌とか？」

　どこかへ行ってしまっていた意識が、汐見の声に引き戻される。

「東京」

「あ、内地の人なんですね。聞いたことあるかも。宮田先輩ってすっごい頭いいんですよね。なんて名前だっけ、あの美女の先輩と宮田先輩は校内では別格なんだって、クラスの子が教えてくれました」

「……奥沢さんのこと？」

　たぶんその人です、と返されて、随分な世間知らずだな、と宮田は思った。この学校にいて、奥沢も知らずに過ごしてきたとは。

　今回は押し切られてつい見学を許したが、今後関わり合うこともないだろう。さっさと汐見に帰ってもらって、最後の練習に取り掛かりたかった。先にこの子に弾かせてしまって、早々に引導を渡すというのはどうだろう。実力差がはっきりすれば、恥ずかしくて付きまとえまい。

　煉瓦のアプローチに差し掛かると、秋咲きの金木犀が香っていた。

曇天に陰る旧宣教師館は、亡霊の住み処のように静まっていた。

「ここ、雰囲気、超怖いっすね……」

「そう？」

軋む扉に怯んだ汐見が、ゆっくりと背後を振り返る。宮田は慣れたホールの中を、足早に進んで行った。

「こんな亡霊の館みたいなの、あったんですね。ていうか、ここに一人で通うのって相当勇気ありますね」

一度も来たことがないような口ぶりで汐見が言うので、宮田は不思議に思った。

「入学式とかで来たでしょ？」

「私、最近転入して来たんで」

「そうなの？」

合点がいき、宮田は汐見の顔をちらりと見た。

「南斗って、他に寮のある学校ないんですね。ここ以外はダメだって親に言われて。まあ、結局寮はやめたんですけど」

寮に入る予定だったの？　と宮田が尋ねると、そうですよ、と汐見は言った。こんな時期に単身で転校だなんて、何かわけがあるのだろうか。

屋根を叩きつける雨の音が、急に聞こえ始めた。

「結局、叔母さんちから通ってます。私、集団生活向いてないんで。あと、好きな時にピアノが弾けないのは嫌だし」

宮田を追い越した汐見が、グランドピアノのカバーをはらう。鍵盤の蓋を開けると臙脂のフェルトカバーが見え、それをすくい上げると歳月に汚れた象牙が覗いた。

「宮田先輩、安斎先生のところではラフマニノフを弾いたんですよね。いまだに先生、曲名覚えてましたよ。先輩は何の曲が好きなんですか？　いまやってる曲は？」

汐見がピアノ椅子をそっと引く。事情の話はおしまいだった。

「いま取り組んでるのはバッハ」

宮田が質問に答えると、へえ、と汐見が呟いた。

「なんて曲ですか？」

「半音階的幻想曲とフーガ」

じゃあそれ聞かせてください、と偉そうに椅子を指されたのに腹が立って、宮田は同じようにピアノ椅子を指し返した。

「お先にどうぞ？　私もあなたのピアノ、聴いてみたいから」

心にもないことを口にしてしまい、思わず宮田は笑ってしまった。自分が認めるような弾き手が、そうそう現れるはずもないのに。

「いいんですか？　じゃあ、何にしようかな。先輩は何が好きですか？」

「汐見さんが好きな曲でいいよ」

そう呟きながら、宮田は自分の言葉に引っかかりを覚えた。

私が、好きな曲とは何なのだろう？

「じゃあリストにします。リストの、『愛の夢』」

ガガッと乱暴に椅子の高さを合わせた汐見が、手首を回してピアノに向かう。その時、俄かに辺りが暗くなり、宮田は窓の向こうの悪天候に一瞬、気を奪われた。

その一瞬で、汐見は化けた。

手元も不確かな夕闇の中で、アンバランスにその背が丸まる。暗い海の底に赤く灯った火のように、闇の中にピアノの旋律が浮かび上がった。

4

『落葉松』の詩は四連から成る。

落葉松の秋の雨に
わたしの手が濡れる
落葉松の夜の雨に
わたしの心が濡れる
落葉松の陽のある雨に
わたしの思い出が濡れる

　　落葉松の小鳥の雨に
　　わたしの乾いた眼が濡れる

奥沢が最初に取り組んだのは、本を読むことだった。

図書館で借りたクラス合唱の本には、楽曲理解を深めましょう、と書かれていた。楽曲理解と言われても、音楽のことはよくわからない。だから歌詞の意味くらいは把握しておきたかったが、存外、それが難しい。

麦茶に口をつけながら、奥沢はじっと楽譜の歌詞を見つめていた。

しばらくしてから予習に戻ると、いつの間にか日付は変わっていた。合唱の指揮も大事だが、合唱明けの試験はもっと大事だ。定期テストのすぐ後には、予備校主催の模試もある。

そろそろ、模試代だって回収しないといけない。

ふとスマホに手を伸ばすと、タイムリーな通知が入っていた。表示された名前に辟易(へきえき)しながらも、ナイスタイミング、と奥沢は思った。

こんばんは。念のため、かなちゃんにも連絡！　明日の夜はそっちで食べてくね！

戸越からのメッセージを確認した奥沢は、生魚を見下ろすような目でそれをしばし見つめていた。スマホを買ってもらって以来、あの男からの連絡は増えていた。

冬の模試代の締め切り日はすぐそこに迫っていた。近々、話を切り出して、戸越からまた金を貰わなければならない。どう上手くやれば、自尊心が保てるのだろう？

机の引き出しを開けると、瘦せた絵の具のチューブが見えた。買い足さなければ絵も描けない。

本当に驚くくらい、生きていくには金がいる。


朝練の初日、奥沢は誰よりも早く教室に着き、クラスメイトが集まるのを待った。

「四十五分になったらパートごとに分かれてね」

「ほいほーい」

教室に設置されたばかりの電子キーボードの周りはバスケ部が陣取り、『猫ふんじゃった』が繰り返されていた。廊下から、どこかのクラスの発声練習が聞こえ始める。

クラスメイトのほとんどが登校した頃合いになっても、宮田の姿は見えなかった。何か約束をしたわけではなかったが、伴奏者の宮田もそれなりに早い時刻に来るだろうと思っていた奥沢は、時計を見上げる回数が増えていった。

「おっはよー。ごめん、ギリになった」

定刻間近にやって来たみなみに、宮田さんは？　と奥沢は駆け寄った。

「え、宮田まだ来てないの？」

「そろそろ来るとは思うんだけど……」

「マジか、ちょっと連絡してみるわ」

奥沢は焦っていた。もし、宮田が体調不良か何かで来られないのであれば、今日の朝練は自分ひとりで仕切らなければならない。発声練習の音取りすら、弾けないのに。

それでも、七時四十五分になった瞬間に奥沢は教壇に上がった。

「では、発声練習から始めます。……なんだけど、伴奏の宮田さんが遅れてるので、誰かキーボードに入ってもらってもいい？　発声練習だけだから」

伴奏代理はすぐに見つかり、ひとまず奥沢はほっとした。これで少しは時間を稼げるが、発声の後はどうしたらいいのだろう。

音楽の授業の時と同じように、発声練習の音階は徐々に上げられていった。高音になるにつれて、響く声が掠れていく。

最も喉が苦しくなる頃合いに、宮田佳乃は現れた。

「すみません遅れました……」

息を切らして宮田が廊下から駆け込んで来ると、伴奏遅刻すんなよー、と誰かが野次を飛ばした。早起きに慣れている運動部は朝から元気だった。

宮田の顔に血の気がないことに気がついた奥沢は、教壇を下りて近寄った。

「宮田さん、具合悪いの？」

「馨が実家から連絡あって、おばあちゃんの具合が悪くなったから至急帰省するって。さっき寮出てった」

それで朝バタバタしてて、と呟く唇からは赤みが消え失せていた。

「まだ発声だよね。キーボード代わる」

「いま始めたところ。……宮田さんは、大丈夫？　すごく顔色悪いけど」

平気、と遮るように言われて、奥沢はそれ以上何も聞けなかった。

「では、さっきの続きから。ハミングが終わったら、パートごとに音取りをやっていきます。初日だから、十二小節まで行ければいいかな。最後に一回だけ全体通しします」

お願いします、とキーボード前に座った宮田に視線を投げると、すぐに和音は鳴り始めた。

朝練の終わり際、宮田はなんの苦もなく『落葉松』を最後まで弾いてみせた。

それは宮田にとっては当たり前のことなのだろうが、奥沢はあらためて衝撃を受けた。昨晩、音符が犇(ひし)めいているピアノ譜をずっと眺めていたからだ。あんなの、弾くどころか読むことだって難しい。手の指で足し算をする子どものように、五線譜を下から数えて音階を読むことしか自分はできない。

経験のない自分に特別な能力がないのは当然であるはずなのに、宮田の隣に立っていると、そうは思えなくなってくる。クラス合唱の楽譜ひとつ、ろくに読めない自分のことが、急に恥ずかしくなってしまう。

焦げた布の切れ端にでもなった気持ちだ。


熟れた柿のような夕陽が、向こうの山へ落ちていく。三階の廊下を歩きながら、奥沢はぼんやりと窓の外を眺めていた。

「あ、ご本人」

突き当たりの美術室前に、時枝が立っていて驚いた。振り向きざまに指を差されて、どきりとしながら会釈する。

後ろの掲示板には、もう奥沢の絵が貼り出されていた。

「これ、もう貼られてたんですね」

「今さっき、堂本先生が貼っていきました。すごいですね、これ」

　これって普通に筆で塗ってるんですか？　と時枝に訊かれた奥沢は、そうですアクリルで、と早口で答えた。

「先生、どうして三階にいるんですか」

「指導室にちょっと」

　時枝が担任している一年三組は二階にあり、理科室も一階の特別教室の並びにあるので、三階で時枝に出くわすことは稀だった。想定外に出くわしてしまうと、心の準備が整わない。

　前髪が変なところで割れていたりしないかな、と奥沢は心配になった。

「絵の感想って、口にするのが難しいところありますね」

　奥沢の絵をつぶさに見ながら、時枝が顎に手を当てる。

「すみません……」

「あ、そういう意味でなく。絵が上手い人に、上手いって素人(しろうと)が上から目線で言うのって、逆に失礼なのかなと思って」

　そんなことは、と呟きながら、奥沢はかつて宮田のピアノを初めて聴いた時のことを思い出していた。

「圧巻、って感じですね。前に見せて貰ったものよりもさらに良くなっていて驚きました。さすが」

「ありがとうございます。うれしいです」

頬のつけ根が勝手に上がって、下りてこなくて困ってしまった。いつもの愛想笑いとは全然違う。一体、自分はいまどんな顔をしているのだろう。

「何かテーマのあるコンクールだったんですか？　家族とか故郷とか」

「そうです」

「これは奥沢さんのご家族？　ご親戚かな」

絵の中には、トウモロコシの皮を剝く幼児の姿があった。その隣には若い女と髪の少ない老人がいて、テーブルに敷いた新聞紙の上でせっせと皮を剝いている。彼らは妙に楽しげだ。

奥沢自身は見たこともない、家族団欒の光景だった。

「トウモロコシ農家の親戚がいるわけではないんです」

「じゃあこれは想像で？」

「はい」

「想像で、ここまで描けるのもすごい話ですね。どうしてこういう絵にしたんですか？」

「……こういうのが受けがいいんだろうなって、思って」

言わなくてよかったのに、と奥沢はすぐに後悔した。

「こういうのが好まれますよね。大人の人には。審査員の人はみんな、こういうもので感動するから。私の本当の家族を描いたら、きっと賞なんて獲れなかったと思います」

全然、普通の家なので、と奥沢は笑ってごまかした。

どうしてか、時枝には余計なことまで喋ってしまう。家の事情も自分の気持ちも、何もかも知られたくはないのに。

「そうだ。私、合唱の指揮に決まったんですよ」

普通の女の子をやらなくちゃ、と奥沢は思った。

「自分から立候補しました。朝練の開始も早いし、結構大変ですよ」

「いいじゃないですか。頑張ってください」

「時枝先生がのせるからですよ」

「ああいうのは人気者がやったほうが盛り上がるので。すでに沸いてましたよ、後輩たちは」

「本当に先生のせいです」

渡り廊下の向こうから、生徒の話し声が近づいて来る。簗山学園の部活動が終わる時刻は早かった。

「そういえば、最近は少女漫画の絵は描いていないんですか？」

別れ際に、時枝が思い出したように言った。

「……たまに」

「奥沢さん、ああいうのも上手かったなと思って。またノート、見せてください」

では、と珍しく去り際にひと言挟んだ時枝は、そのまま西側の階段をぱたぱたと下りて行った。

何年も前の、いち生徒の落書きを、よくも覚えている。

媚びへつらった絵の前で、奥沢は立ち尽くしていた。

5

何かに取り憑かれたかのように、宮田は机に向かっていた。

今日、返却された模試の結果は極めて悪かった。道内順位の桁を落としたのみならず、校内首位を初めて奥沢に奪われた。外部の模試で、奥沢に負けたことは一度だってなかった。

ぱき、とシャープペンの先が折れる。

勉強。

勉強。

勉強。

食堂にも風呂にも行かず、部屋のカーテンすらまだ閉めずに、宮田は模試を解き直していた。

馨がいれば自分を叱り飛ばしたのだろうが、あれから連絡は途絶えていた。

これではいずれ身体を壊す。そんなことはわかっている。

しかし、あの屈辱から逃れるためには、こうでもしないと耐えられない。

旧宣教師館で汐見茜が弾いたリストは、宮田のプライドを粉々に打ち砕いた。暗い海の中で蠟燭(ろうそく)の火を見つけたかのように心は震え、眩惑的(げんわくてき)な旋律に目の前の景色が覆い隠された。

汐見は本物だった。

まるで純粋な聴衆のように汐見のピアノに聴き入ってしまった宮田は、曲が終わると同時に自分の中の何かが終わってしまったことに気がついた。自分のピアノの力量がもう同世代の精鋭には追いついていないことを、ようやく理解した。

東京から南斗に飛ばされた、中一の春。

あのとき訪れたピアノ教室で今日まで研鑽を積んでいたら、いま自分は汐見に臆することなくピアノに向かえていたのだろうか。こうじゃない未来も、望めたのだろうか。

自己練ばかりでうぬぼれて、持て囃されていい気になって、旧友たちを値踏みして。

いつまで自分だけ、小五の夏休みにいるつもりなのか。いつまで、過去の喝采の幻を見たままで、目の前の現実から目を逸らし続けるのか。

合唱明けには模試がある。八月模試よりレベルも上がる。定期テストの対策もして、今度こそ、奥沢から首位を奪還しなければならない。

ピアノの椅子はもう潰えた。自分にはもう、勉強しかない。


「どーしたその顔」

ゾンビになってるぞ、とみなみがぎょっとする。

翌朝、一睡もできないままに宮田は登校した。元々不眠気味ではあったが、全く眠れなかったのは初めてだった。

「ちょっと寝不足気味なだけ」

「不眠？　なんで」

「たまたま……」

校舎へ向かう生徒たちの群れには、どこか違和感があった。こんなに早い時間帯に校庭が人であふれているなんて、ほんの少しだけ軸のずれたパラレルワールドを見ているようで落ち着かない。

「具合悪いんなら帰んなよ。保健室行く？」

「大丈夫。朝練あるし」

「全然大丈夫って顔してないよ。寮母さんとかに突っ込まれなかったの？」

杉本に声を掛けられないよう、宮田は走って寮を出てきていた。顔を合わせれば心配されるに決まっている。いまは誰にも構われたくなかった。

「不眠の原因はストレス、だってさ。ガリ勉のし過ぎじゃない？　どっか、パーッと遊びにでも行くか。パーッとって言っても、イオンしかないけど。あ、誕プレ探しの旅にでも出る？」

スマホをいじりながら、みなみは呑気に笑っていた。

気楽でいいよな、と宮田は思った。

「とりあえず、午前の授業はガーッと寝ちゃって、昼いっぱい食って、元気出たらピアノでも弾きに行くか。ストレス発散」

いま一番、触れられたくない領域にずかずかと踏み込まれて、宮田はぎゅっと奥歯を嚙みしめた。

「……合唱で弾いてるし、別にいい」

「伴奏とかじゃなくってさ、宮田の得意なズガーンバゴーンみたいな曲、思いっきり弾けばいいじゃん。教室のはさ、キーボードだから音が微妙じゃん？　昔はそんなのわかんなかったけど、宮田のピアノを長年聴いて来た者としては気になるわけよ」

「みなみはいっつも元気でいいね」

そのひと言は、まるで辛辣な悪口かのように秋風の中に響いた。

宮田は俯いていて、みなみの顔を見ていなかった。

「なんだよ～人をアホみたいに。いっつも元気なわけないだろ」

「いや、いっつも元気でしょ……」

「そんなことないって。これでも人並みに苦労してんですよ？　授業はついていけないわ、彼氏はしょーもないのばっかだわ」

「みなみが予習とかちゃんとして来ないからじゃん」

全校生徒が一斉に登校してくる様は、まるで特別な一日が起こり続けているかのようだった。この非日常も長くは続かない。合唱コンクールが終わってしまえば、すべては元通りで、みんなまたばらばらになるのだろう。年明けにはついに受験期が始まる。

もうピアノはやめよう、と宮田は思った。終わってしまったことに時間を費やしている暇なんてない。


キーボードにはまだ慣れなかった。こんなものを弾いたら指が腐るんだと、半狂乱で打たれた記憶がよみがえる。

放課後練習の最中、がらっと勢いよく教室の戸が開いた。

「ただいま戻りました！　合流が遅れてすまん！」

四日ほど学校を休んでいた馨が顔を見せると、練習は一時中断された。由梨たちがわあっと駆け寄る。

「おかえりー！　おばあちゃん大丈夫だった？」

「大丈夫！　っていうか、マジで本当に大丈夫で、最終的にただの帰省になっちゃった。合唱練習サボってごめん！　これからめっちゃ頑張るわ」

「連絡ないから心配した」

「充電器忘れてさ。実家の近くに買える場所もなく。愛あるメッセージみんなサンキュー」

五年間持ち上がりのクラスの結束は固く、全体的に仲が良かった。その盛り上がりのおかげで、宮田の意識もやや浮上する。

久しぶり、と宮田も声を掛けると、馨が思い切りハグをした。

「おーつかれ！　頑張ってたか伴奏！」

「痛い……」

それで少し目が覚めたのもつかの間、宮田の意識はすぐに濁った。まぶたが鉛のように重い。

「やっと全員揃ったね。では頭から一度入りましょう。宮田さん、頭から」

奥沢に呼ばれた宮田は、すぐに序奏を弾き始めた。自分のいまの状態を、誰にも見咎(みとが)められないように。

「宮田さん、どうしたの？　フラフラじゃない」

寮の玄関ロビーで杉本にぶつかりかけて、宮田はしまったと思った。せっかく、朝は顔を合わせないようにしていたのに。

「眠くて、ただ眠いだけです」

「顔色もすごく悪いけど。本当に大丈夫？　夕飯まで仮眠取りなさい。あ、北野さん。帰って来てたよ。さっき」

学校で会いました、と呟きながら、宮田の意識はもう途切れ途切れだった。


しばらくして、宮田は悪夢で目が覚めた。

「あ、起きた？」

食堂閉まっちゃったよ、とジャージ姿の馨が二段ベッドの上の宮田を見上げた。

「なんか宮田、すんごい勢いで寝てたからさ。起こさなかった。お風呂はまだ開いてるよ」

私はこれから義務学習、とノートをトントンと束ねる音が聞こえる。

「……馨、八月の全統の結果見た？」

手の指がバラバラに動くことを確認しながら、宮田は馨に問いかけた。目の前の現実を、きちんと確かめるために。

「え、返ってきたの？」

「きた。あんた今日、授業終わってから学校来たから担任に会ってないでしょ。明日の朝にでも返されるんじゃない？」

「マジか～あれ自己採やばかったんだよな……」

恐ろしい夢の中で、宮田の指はすべて腐り落ちていた。

「次の模試ってまた国数英だっけ？」

「それプラス、理科と地歴」

うーわ夜までコースじゃん、と馨がコミカルな悲鳴を上げる。

馨といるのは楽だった。この数日間に起きた自分の中の変化を知らない人間がいるというだけで、宮田の気持ちは軽くなった。

「宮田はどうだった？　全統」

「過去最悪」

「ウソ!?　珍し！　ついに二位からも落ちた!?」

「それはない」

万年三位の私に向かってお前、と馨が自虐を込めて言う。

中学の頃から馨は宮田と奥沢のすぐ下の成績をキープし続けていて、常に三番手だった。高校入学時の特待生に受かったのも、馨と奥沢だけだった。

謙虚を装う奥沢とは違い、馨は自分は頭が良いのだと公言して憚（はばか）らず、勝手にライバル視をされて面倒だった頃もある。

「卒業までに一回は宮田を下すわ。せめて定期で」

「私もそれがいいと思う」

「つか〜うるせ〜……」

昔はうざったかったそれが、今はどうしてか安らいだ。順位だとか点数だとか、そういう話だけをしていたいのだ。

ペーパーテストは純粋だ。面倒なことは絡まない。シンプルだ。

宮田はベッドの梯子を下りながら、ふと札幌の話を思い出した。

「そういえばあんた、結局冬のトライアル行くの？」

かねてから医学部を目指していた馨は、医学部予備校の集中講義を受けるために冬休みは札幌に行くかも、と言っていたのだった。

「あ〜。あったね」

「それだってあるんだから、そろそろ本当にギア上げないと遅れを取るよ」

先輩や教師でもないくせに、うぬぼれた台詞が口を衝いた。

「それなんだけどさ。私、医学部受けるのやめるかも」

「え？」

軽い口調で打ち明けられて、宮田は思わず笑ってしまった。それが何を意味しているのかを理解するまでに、少しの時間が必要だった。

医学部を受けるのを、やめる？

「やめるっていうか、元々そんなんでもなかったっていうか。適当な目指し方してたから結構恥ずかしくてさ、いま思うと。ちょっと本当に恥ずかしいな、これ」

数年前のビデオレターでも見ているかのように、馨はもうそれを過去のものとして、過剰に恥ずかしがっていた。それに宮田はまるでついて行けず、ひどく裏切られたような気持ちで、その場に立ち尽くしていた。

ドアの向こうで、誰かが廊下を駆けていく足音が聞こえる。それを咎める杉本の声も。星見寮も、人数が増えて騒がしくなった。

人も、場所も、変わって行く。

「実家で色々あってさ。何から言ったらいいのかなー」

「進学の件で親と揉めたってこと？」

「え？」

「そんなの、あんたが昔っから言ってたことじゃん！」

宮田が語気を荒らげると、違う違う、と馨は慌てて否定した。

「揉めてないって！　なんで宮田が怒ってんの？　成績の問題でもないし。いや、成績の問題ではあるな。あるわ。あるけど、それより何より私が、今まで全然真面目に自分の将来について考えたことなかったなって今回思って」

「将来って……」

何を子どもみたいなことを言ってるんだ、と口走りそうになって、宮田は自分の考えがおかしいことに気がついた。

「おばあちゃんの病院、出入りしてるうちに気づいたの。私って本当にお医者さんになりたいわけではないんじゃない？　って。医学部に入る！　とかずっと豪語してたけど、医者っていう職業自体には言う程興味がなかったのかも。だって、普通、興味があったら病院の中なり主治医の先生なり、気になるもんじゃん？　たぶん」

「……そんなの、気が動転してたからでしょ？」

「いや、念のため検査入院はしたけど、おばあちゃん本当に全然大丈夫だったの。超大袈裟に連絡が来ただけで。ほら、うち、みんな大袈裟だから」

馨の家は大規模な農場を営んでいた。家族写真を見たときに、馨が六人いるみたいだ、と思ったことを思い出す。

「深刻な心配する必要がなくなったおかげで、そういうこと色々考えちゃって。一度考え始めると止まらないじゃない？　そういうの。最近、模試の成績もあんまりだし、医学部は無理なのでは？　と思い始めてたから余計に」

宮田は、由梨の言葉を思い出していた。

佳乃ってさ、将来何になりたいとか、あるの？

「で、ここから話が急なんだけど……家の裏に住んでるおじいちゃんが病気したから顔見せてきな、って唐突にお母さんから言われて。小さい頃お世話になったんだからって言われてもあんまり覚えてないいんだよな、とか思いながらも一応行ったの。裏の家。裏って言っても遠いんだけど。そしたら丁度、庭に白髪のおじいさんがいたから、北野農場の馨ですーって呼びかけてみたら、喜んでくれてるっぽかったのね。でも、声が出てくるまでにかなりかかったのね。その光景が衝撃的でさ」

おばあちゃんから病状の話聞いてたら、言語の先生、って言葉が出て来たから、それはなんですか？　って聞いてみたら、そういう専門職があるんだって教えてもらって、調べてみたら興味が湧いて、と、馨は饒舌に喋り続けた。

一メートルも離れていない馨と自分との間に明確な境界線が引かれたのがわかって、指の先さえ動かせない。

由梨も、馨も、どうしてみんな、自分の進路に理由があるの？

「ちょっとー聞いてんの？」

ひとりで語ってるみたいで恥ずかしいじゃん、と馨はいつものテンションで捲し立てた。

「……聞いてるよ」

「でさ、調べたら国公立大学で言語聴覚士の資格取れるところあるみたいなんだよね。だから今度から、そっちで模試の判定出そうと思って。何にせよ受験はするから、やること山積みなんだけど」

宮田を負かしてからじゃないと卒業出来ないしね、と笑う馨を、いじり返す余裕など残されてはいなかった。

解像度が粗いんじゃない。

私は、自分の将来について、考えたことなど一度もないのだ。

「また面談あるからさ、それまでに資格関係の本でも探してみようかな」

夢を語る馨の瞳には、どこか自信がみなぎっていた。

将来の夢を語ることが、幼稚だと感じたのは何故なのか。それは自分が幼少期以降、それを許された例（ため）しがなかったからなのではないか。

自分だけがまだ漠然と、『東大のピアノ科』を目指しているだけなのだ。

6

ジューッ、と音を立てて網の上の肉が反り返る。

焦げた肉の端がプツプツと泡立っているのを、奥沢はぼんやりと見下ろしていた。

「かなちゃんってホルモン、食べれるんだっけ？」

戸越に声をかけられた奥沢は、ふっと意識を取り戻して、いつもの癖で微笑んだ。

「大丈夫です」

「じゃあ次、ホルモン行こ。麗奈、食いたいの他なんかある？」

照明が絞られた半個室の中には肉の焼ける匂いが充満し、テーブルの上はすべて皿で埋まっていた。奥の部屋では宴会をしているのか、間欠泉のように大人の笑い声が轟いていた。

「あたしねー、じゃあビビンパとまるごと桃のシャーベット」

「もうメシ行くの？　協調性ねえなあ」

「だってメニュー見てたら食べたくなっちゃったんだもん。でもロース来たらちゃんと食べる」

麗奈がひと口食べたきりのティラミスが、まだテーブルの隅に残されていた。

外食の機会は増えていた。連続して公共事業を入札した戸越は、以前にも増して品なく羽振りの良さを見せつけていた。車まで派手な外車に替えて、バカみたいだ。

しかし、そのバカみたいな男から、貰うものを貰わなければならない。

「叶、なんかボケーッとしてない？　眠いの？」

この子、ガリ勉だから毎晩夜更かししてんの、と嫌味ったらしく麗奈が笑った。

「もう十七にもなるのに化粧もしないで、毎日勉強ばっかやってんの。暗いっていうか、変わってんだよね」

そう？　と、何もわからない体(てい)で奥沢は首を傾げた。近頃、やけに麗奈は辛辣だった。

「化粧なんてしなくっても、かなちゃんは美人さんだからさ。偉いじゃん、女の子なのにいっぱい勉強して。学校の成績いいんだろ？　絵でも何かの賞獲ったんだって？　すげえなあ」

トングで網の上の肉を返しながら、戸越が言う。

「でも、あんま夜更かしするとお肌には悪いかな」

腹の立つ物言いだった。女の子だからと、舐められているのが嫌でもわかる。

「うち、進学校なので課題がすごくて。つい、遅くまでかかっちゃうんですよね。でも周りの友達もみんな、こんな感じなので」

「そうなの？　女子高生なんてさ、みんなもっと遊んでるでしょ」

「全然、そんなことないですよ」

「わが世の春を謳歌(おうか)してるでしょ、若いんだから」

「どうかな……」

感情を押し殺しながら、奥沢は本題へのストロークを詰めた。

「今度、また模試があるので。みんなも必死だと思いますよ。だから私も、つい根を詰めちゃって……」

可憐ぶってそう呟くと、戸越はすぐに食いついた。

「あ、もしかしてそれの金、要る？　いくら？」

ニッカリと笑った戸越が、奥沢の顔を覗き込む。

真上から射している照明が、物の陰影を強くしていた。戸越の頬骨から下は、ごっそりと黒く瘦けて見えた。

「そうなんですよね。五千円なんですけど」

「オッケーオッケー」

細かいのないからこれで、と戸越がテーブル越しに一万円札を差し出した。

ありがとうございます、という奥沢の呟きに被るように、店のどこかでグラスが割れた。失礼しましたー、と店員が叫ぶ声が聞こえる。

「うっわ最悪、ビックリして服にタレつけちゃったんだけど」

ねえ見て、と麗奈が自身の胸元を引っ張りながら戸越にそう訴えた。

「シミ抜きのやつとか持ってねえの?」

「そんなの持ってるわけないじゃん。これ気に入ってたのに」

「水つけて叩いて来たら? わかんねえけど」

不機嫌に店員を呼びつけて新しいおしぼりを貰った麗奈は、それを手に化粧室に向かった。

沈黙の中、奥沢が網の端にある肉へと箸を伸ばそうとすると、戸越が勝手に奥沢の小皿に焼きたての肉をのせた。

「こっち食べなよ」

「ありがとうございます」

「火が通り過ぎた肉はうまくないからね。せっかく来たんだから、うまいもん食わないと」

戸越は自分で肉を焼くのが好きなのか、ずっとトングを握ってあれこれと網の上の肉を動かしていた。小皿にのせられてしまったロースを奥沢が頰張ると、まだ生肉に近く、気持ちが悪くなって丸呑みした。

「勉強以外はどうなの？　学校」

「学校ですか」

「そう」

「普通に、楽しくやってますよ。友達とも仲良いし。勉強は大変ですけどね」

「へえ」

合唱コンクールの話は、母と戸越には伏せていた。客席に二人が並んでいる姿など、想像したくもない。

店員からホルモンの皿を受け取った戸越は、てらてらと光るホルモンを網の一番熱い部分に規則づけて並べていった。

それから、じっ、と奥沢の顔を見て、またニッカリと笑った。

「さっきの話だけどさ、俺は本当にそう思ってるよ？」

「何がですか？」

早くお母さんが帰って来ればいいのに、と奥沢は思った。

「かなちゃんは美人ってこと。本当に綺麗になったよね」

麗奈より美人かもしれないな、と囁かれ、一瞬、何を言われたのかわからなかった。

店内ＢＧＭが三度切り替わった後で、やっと麗奈は帰って来た。

「トイレ超待った。個室で誰かゲロ吐いててさ」

上に着ていたニットを脱いでしまった麗奈は、タンクトップ姿になっていた。

「なんだよおまえその格好」

「しょーがないじゃん濡らしちゃったんだから。ここあったかいし、帰りは車だし、いいでしょ」

お、ビビンパ来てんじゃん、と麗奈はわざと戸越を押しのけるようにして席に戻った。年相応に太い二の腕が、照明の下で生白い。

「あたしこれ混ぜるの上手いんだよねー」

「ビビンパ混ぜるのに上手いも下手もねえだろ」

笑いながら、戸越が再びトングを握る。ホルモンが裏返されると、焼き色のついた面が露わになった。ひとつ、ふたつ、みっつ。

四杯目のビールを追加した麗奈は、結局ひとりで石焼き釜をつついた。

「全部頼んでから気づいたんだけどさ、チーズタッカルビ頼めばよかった。ここにあるのかわかんないけど。最近よく聞くでしょ、チーズタッカルビ」

何それ、と奥沢が尋ねると、若い子なのに知らないの？　と心底驚いた様子で麗奈が笑った。麗奈は常に情報通気取りで、テレビで見た知識を振っては他人に解説したがった。

「今はさ、若者の街が原宿から新大久保に変わって来てるんだって。トレンドを押さえたいなら新大久保を歩けばいいらしいよ。あたし、何個か行きたいお店があって、いつか東京に行く時のために覚えてるんだ」

卒業まで、あと一年と五ヶ月。

もう少しだけ辛抱すれば、この環境から逃げ出せる。

早く早く、この家を出て進学をして就職をして、今ここにあるすべてを捨てて、何の事情もない何の問題もない、純粋な女の子になるんだ。

その日の深夜、床に就く前に麗奈はみずから台所に立った。食器を洗い、米を研いで、コップに水道水を汲んでゴクゴクと飲み干している。

珍しいこともあるものだ、と奥沢が思っていると、ぽつりと麗奈が呟いた。

「狭い家だよねえ」

突然の言葉に、ええ？　と笑って振り返ると、思っていたよりもずっと真面目な顔をして麗奈はそこに立っていた。

「どうしたの、いきなり」

「別に。あらためて見てみると、よくこーんな狭いところで二人で生きて来たなと思って」

まるで引越し前夜かのように感慨にふけっている麗奈が、奇妙だった。

「かなちゃんはさー、部屋増えたらうれしい？」

「何それ」

「部ー屋。自分の部屋とかあったらさ、便利でしょ？」

「それはそうだけど……」

ガス探知機の針が振り切れるように、嫌な予感が押し寄せる。

まだ酔いの醒めていない、とろけた口調で麗奈が言った。

「戸越さんのとこ、離婚成立しそうなんだって。さっき、チョロっと聞いちゃった」

「……は？」

奥沢は、思わず低い声を洩らした。

それは他人に聞かせたことがないような、鈍くて汚い声だった。

「先のことは決めてないけど、色々変わるかもしれないよね。まだ何か具体的なこと話してるわけじゃないんだけどさ」

「……何かって、何？」

「再婚するとは決まってないけど、可能性がなくはないじゃん？　人生、どう転がって行くかなんてわかんないし」

へえ、と気の抜けた声を洩らしながらも、奥沢の心臓は激しく脈打っていた。足元の地面が割れているのではないかと思うくらいに、全身を巡る血がわなないていた。

怒りが身体から飛び出して、暴発してしまいそうだ。

「へえ、って何。他にコメントないの？　結構な話じゃん？」

「コメントって言われても……」

歯の根がガチガチと音を立ててしまいそうで、奥沢はつい口角を上げた。こんな局面でも咄嗟に自分は笑うのだ。染み付いた癖は直らない。

万が一、母が戸越と再婚すれば、すべては水の泡になる。

戸越の所得を合算されれば、まずどの奨学金も審査が下りない。市のものも財団のものも、貸与制のサポート機構のものですら、通らなくなる。それなのに、戸越が自分の進学費用を出す確証はない。しかも南斗を遠く離れるのだ。私立高校の諸経費を出すのとは金額だってまるで違う。戸越には別に子どももいる。そこまでの金が戸越にあるのかわからない。

たとえ、戸越が自分を志望大学へ行かせてくれたところで、さらに借りが増えるだけだ。また負い目が増える。一生、あの男に頭を下げて生きなければならなくなる。

これからさらに四年間、そしてずっとその先も、あの顔を拝み倒すのは嫌だった。

「かなちゃんはさー、どう思う？　再婚」

奥の和室へ向かいながら、甘ったるい声で麗奈が尋ねた。

「まだ再婚の話がちゃんと出たわけじゃないけど、うちらも交際長いしさ。念のため、子どもの意思確認ってやつ？」

麗奈が電気を消すと、窓の外からの光が部屋の中を薄っすらと照らした。隣の一軒家の明かりが青い。夜の光は、どうして青く見えるのだろう。

「子どもって言っても、叶ももう大人だもんね。関係ないよね」

その光の色を探して、奥沢は頭の中でチューブを握った。

「嫌」

虚を衝かれたような麗奈の顔に、奥沢は噴き出してしまいそうになった。

「……え、何が？」

「だから再婚は嫌だ、って言ってるの」

見知らぬ子どもを見つけたかのような目で、麗奈が自分を見つめていた。

奥沢が母の意に背くことを口にしたのは、初めてのことだった。

「……なんでー？　いい家住めるし、自分の部屋とか貰えるよ。服とかだって今より沢山買えるだろうし」

「私は、そういうのはいらないので」

奥沢の物言いに腹を立てたのか、麗奈はすっと真顔になった。電気の消えた部屋の中では、その顔に刻まれた皺を見ることは出来なかった。

「……あんたって本当に変わってるよね。なんかたまに、バカにされてんのかな？　って思う時があるよ。高いところから見下されてるみたいなさ」

「別に嫌っててもいいんだけどさ。でも、あんたも散々、築山の金から何からお世話になっておいて、そういう態度はないんじゃないの？　今日だって、また万札せびってたくせに」

一緒にするな、と思った。

おまえのくだらない浪費と、私の進路を、一生を、同じ尺度で考えるな。

何も。何もわかりはしないくせに。

「でもなんか、いま初めてなるほどなーって思った。やっぱ、あんた、あたしの子だわ」

麗奈の唇が歪むのが、最後に青く照らされた。隣の家の明かりが消えると、部屋の中は真っ暗になった。

「あたしはこんなんなのに、あんたは昔っから聞き分けも頭も良くって、本当、誰に似たんだろうって思ってた。でも、いま気づいたけど、あたしたちってすごく似てるわ。その、男に媚びるだけ媚びてトンズラしようとするところがそっくり」

母の言葉は、ほかの誰からの言葉よりも、奥沢の自尊心を傷つけた。

「でも、女ふたりだけなんだからさ。仲良くやろうよ。ね」

すれ違い様に奥沢の二の腕を撫でて、ゆっくりと麗奈は襖を閉めた。

程なくして、どん、と大きな音と振動が、アパートの中に響き渡った。

奥の部屋で布団に入っていた麗奈が、いまの音なーに？　と居間に向かって問いかけた。何だろう？　と奥沢が返事する。

「おっきい音、したよね。今」

「お隣さんじゃない？」

「この家じゃなくて？」

「お隣だよ」

何か重たい物でも落としたのかもね、と白々しく奥沢は呟いた。

ふーん、と納得してみせた後で、麗奈は娘の名前を呼んだ。

「叶」

「うん？」

麗奈が地声を晒すのは、こんな夜だけだった。

いつも甲高い声で喋っている母が、低い地声で自虐を始めるのは、恐怖だった。

「あんたが大学だ進学だって何かやろうとしてるのは知ってるんだけどさ、何でもかんでも自分の思い通りに行くって思わない方がいいよ。あたし、三十八だけど、自分の人生が思い通りになったことなんて一回もなかったもん。それがなんで、あんた、自分だけは上手いことやれるはずだって信じてんのさ」

渾身（こんしん）の力で殴りつけた居間の壁に、穴は開かなかった。

腫れ上がった自らの手の甲を見下ろしながら、奥沢はいつかの休み時間の光景を思い出していた。ボール遊びのひとつもしない、ピアニストの優等生。

宮田は、さぞ美しい手をしているのだろう。血が滲み、ささくれた自分の手とは並べることも出来ないくらいに。

同じ教室で同じ制服を着て、同じ大学を目指していて、それなのにどうして私ばかりがこんな目に遭わなければならない。

あの人と私の何が違うの？

どうしてどうして、どんなに頑張っても、私の人生は溺れていくの？

7

「宮田さん！」

ぎゅ、と腕を掴まれて、宮田の意識はふっと戻った。

「夕べはちゃんと眠れたの？　最近、ちょっとおかしいんじゃない？　何かあったの？」

朝練期間の寮の玄関前は、常時よりも混んでいた。大きな目を見開いた杉本が、心配そうに自分を見つめている。

「ご飯は食べられてる？　顔色も戻らないし」

「大丈夫です」

「大丈夫には見えないけど。もうここ何日か、ずっと具合悪そうだもの。学校で何かあった？」

「……あの、朝練があるので」

おスギ、外泊許可証ここ置いた、と別の生徒が杉本を呼んだ隙に、宮田は腕を振り払って走り出した。

賑やかな場所で杉本に呼び止められたことが、宮田にはショックだった。どうせなら、ちゃんと、誰もいない静かなところで私の話を聞いてくれたらいいのに。


奥沢の右手の甲に包帯が巻かれているのを見て、宮田はぎょっとした。

「叶、昨日コケちゃったんだって」

「こけた？」

すっごい痛そうだったんだよ、と奥沢の隣で由梨が言う。痛々しい包帯は、親指を避ける形で幾重にも巻きつけられていた。

「奥沢さん、それ、大丈夫なの？」

宮田が尋ねると、あっけらかんと奥沢は笑った。

「昨日、家の中で転んだ拍子に手をついた場所が悪くて。学校着いてから痛くなって来ちゃったから、さっき由梨と保健室行ったんだ。そしたら見た目がすごくなっちゃって。別に大した傷でもないの」

　指揮するのに支障はないから安心して、と奥沢が言うと、他意なく由梨が頷いた。

「あー、もし役割が逆だったらまずかったね。もし叶が伴奏だったら、当日ピアノ弾けなくなっちゃってたかも」

　表情を変えずに奥沢が言う。

「確かに。もし私がピアノを弾く人だったら、手に怪我なんてしたら大ごとだったね？」

　いよいよ合唱コンクールまで一週間を切り、今日の放課後は本練習だった。本練習ではピアノを使う。場所は旧宣教師館だ。

　朝練が始まる前から、宮田は眠くて死にそうだった。気を抜くとすぐに視界が回る。

　奥沢が号令をかけると、生徒たちはパートごとに整列した。

「みんな、朝ごはんは食べて来た？　朝イチで力が出ないのはわかるけど、もう少しだけ頑張ってお腹から声を出してみて。特に、歌い出しのところ。初めの歌詞を全力で。もう一度、頭から。では宮田さん、お願いします」

　どうにか伴奏を弾き始めると、ふっと何度も頭が白んだ。不眠のせいか、食欲も振るっていなかった。脳も、身体も、空っぽだ。自分はこれからどうなるのだろう。

　そう思ってしまうと同時に、宮田には変な自信もあった。

　これまでだって、適当にうまくやって来た。親が死のうが、捨てられようが、ここまでひとりでやって来たのだ。

　今更、これくらいのことで、自分が倒れるわけがない。

「いまのはすっごく良かった！　歌い出しが揃うとすごくきれい。歌詞が少ない曲だから、一文字一文字、大切に歌っていこうね。それぞれ、詩の情景をイメージしながら歌ってみてください」

奥沢の声が頭に響く。溌剌とした、嘘くさいアルト。


放課後、本練習へ向かう途中で、宮田は階下から呼び止められた。

「あっ宮田先輩！」

汐見茜に指を差されて、宮田はどっと動悸がした。

「誰だ、先輩に向かって指を差している奴は。マナー違反だからやめなさい」

隣でみなみがそう咎めると、はーい、と汐見が手を挙げた。踊り場で立ち尽くしている宮田をよそに、みなみが階段を下りていく。

「こないだはどうもでした。いま帰りですか？」

「手ブラなの見たら違うのわかるっしょ。これから合唱の本練習」

「先輩たちのとこ、盆栽みたいな曲でしたよね」

「落葉松だよ、わざとボケるな」

階下の掛け合いを見下ろしながら、宮田はそこに合流することが出来なかった。足がすくんで動けない。

怖いのだ。この恐ろしく才能のある後輩が。

「あんたもピアノ弾くらしいけど、合唱の伴奏もあんたがやるの？」

みなみが尋ねたその先を、宮田はどうしても聞きたくなかった。

「言ってなかったでしたっけ？　私が弾きますよ伴奏。曲はねえ、『流浪の民』です」

「あ、トッキーのクラスか」

「そっちの伴奏、宮田先輩なんですよね。楽しみにしてますね」

宮田が全く会話に入って来ないのを不審がり、みなみが踊り場を振り返った。

「……よし。チョンマゲはもう帰んな。ハウス」

「何ですか、人を犬みたいに」

「宮田、今日体調悪いんだよ。ていうか、うちらこれから本練習だから。また今度ね」

行こ、とみなみに手を引かれ、宮田はぐらつきながら階段を下りた。お大事にー、と叫ぶ汐見の声が、二階の廊下に響いていた。

狂ったように動悸がする。心臓の音が情けなかった。

「手ぇ、超つめたいな。貧血じゃない？」

やべ、遅刻、とみなみが宮田の手を握ったまま走り出す。その手のひらが、宮田には焼けるほどに熱く感じられた。

裏林を抜けながら、宮田は色の抜けた白樺の葉を見上げていた。

「食事に、睡眠に、あと何だっけ。宮田は健康を維持する要素を欠かしすぎだって。あたしなんてさー、昨日の夜、カレーおかわりした後でアイスまで食べちゃって超後悔だよ。まあ生きてるからいいんだけど」

当日の発表順は、くじ引きでもう決まっていた。自分たちの出番は一番最後だ。そのひとつ前が時枝のクラスで、汐見茜が弾く番だった。あの子がピアノを弾いた直後に、自分はステージに上がらなければならない。

激しい羞恥に胃が燃える。何をそんなに恐れているのか。

たかだか、合唱コンクールでしょう?

「宮田、最近全然ゲームもログインしてないっしょ。猫の世話、やっといた。ゲームでも、猫死んじゃったら悲しいじゃん」

延々と喋りかけてくるみなみが、鬱陶しい。猫なんてどうでもよかった。みなみの話題ときたら、いつもいつもこんな調子で、ずっとくだらないゲームの話だ。

そりゃあ、楽しいだろう。ゲームとか、彼氏とか、そういう次元で暮らすのは。

「眠れないのってさー、神経尖ってるからなんだって。アロマテラピーが効くって言うじゃん? うち、家の中にやたらああいうのあるんだよ。今度なんか持って来てあげる」

裏林の中を駆けながら、みなみはずっと宮田の手を握りしめていた。

ホールの扉を乱暴に開けると、白けた視線が集まった。

「発声、始めちゃってた。時間、結構過ぎてたから」

奥沢に暗に咎められて、宮田はごめんと呟いた。本練習は二回しかない。時間は限られている。

ピアノまでの距離すら、もう、走れない。疲れて疲れて死にそうだった。

「本練習を始めます。最初に一回、頭から通そう。歌い出しははっきりと。言葉をひとつずつ丁寧に。これが本番だと思って思いっきりね。ここは教室より広いけど、ここよりも市民ホールの方がずっと大きいんだから」

ピアノの椅子に浅く腰掛け、鍵盤の上で五指を広げる。奥沢の方を向いた宮田は、準備が出来たはずだった。

だから、どうしてそんなところに意識が向いたのかわからない。

「では、宮田さん。頭から」

宮田佳乃が旧宣教師館の丸天井を見上げたとき、梁（はり）の向こうはぽっかりと深い闇だった。急に真上から母の怒声を浴びて、宮田はぞっとした。

「……宮田さん？」

奥沢の呼びかけに大きく肩を震わせた宮田は、恐ろしいことに気がついた。

果たして、自分の技術は停滞しているだけなのだろうか？

もしかしたら、気づかぬうちに、とっくに自分の指は衰えてしまっていて、ここへやって来たばかりの頃のような演奏はもう、出来ないのではないだろうか？

少しの気の緩みですぐに指は衰えるのよ。

「宮田さん？　どうしたの？」

奥沢の声も、クラスメイトのざわめきも、いまは何も聞こえない。

そこに静かに座ったきり、宮田は何も弾けなくなっていた。

8

「受験ノイローゼじゃね」

悠の言葉に、ド直球過ぎでしょ、と真帆が突っ込んだ。

「だって三年ならまだしも、うちらまだ高二なのに根詰め過ぎじゃね？　受験ガチの人ってそういうもん？」

うちの兄貴もマジで後半やばかったけどね、と真帆が半笑いで言う。

「真帆のお兄ちゃん、元気？」

「知らなーい。まだ家の期待背負ってんじゃん？」

二人から少し離れた自席で、奥沢は補助バッグに体育ジャージを詰めていた。颯々(さつさつ)とした秋風が窓の外から吹きつける。

あの後、宮田はみなみに付き添われて寮に帰った。ＣＤを取りに校舎へ走った奥沢は敷地内を奔走し、練習時間は大幅に減ってしまった。

ピアノが使える全体練習は、残すところ一回しかない。

「なんでみんな、そこまで自分を追い詰めちゃうんだろ。別に良くない？　大学なんてどこでも」

「さすがにどこでも良くはないべ」

「どこでも良くはないけどさあ。ていうか、宮田さんって、本当は何になりたいのかな」

奥沢は鞄の中で、密かに青いノートを捲った。この間、いつぶりかに描いた、ピアノの少女の絵が覗く。

「弁護士っつってなかった？」

「本当はもっと、すごいもの狙ってそうじゃない？　言わないだけで」

「もっとすごいものって何？」

「わかんないけど、なんかすっごいやつだよ。超偉い何か。ねえ、前から思ってたんだけどさ、この子、叶に似てない？」

真帆が駆け寄ってくると同時に、奥沢は学生鞄をぱちりと留めた。光る四角い画面の中では、既視感を覚える顔のアイドルが微笑んでいた。

「そう？　私、こんなに可愛くないよ」

「え～似てるよ。目元とか。似てるよねえ？」

真帆が同意を求めると、わかる、と悠も頷いた。

「こないだ寮で、将来の話してたんだけどさ。叶は何になりたいとかあるの？」

「まだあんまり考えてないかな」

「じゃあ芸能人になってよ。自慢するから」

東大卒美人なんとか、と笑いながら、真帆が画像をスクロールする。

画像を見続けていくうちに、初めに抱いていた既視感は霧散して、画面の中の彼女と似ているところなど何もないような気がした。彼女の顔は、自分よりもずっと整っていた。

「南斗にも誰かスカウトにやって来ないかな。たまにいるじゃん、ド田舎でスカウトされた芸能人。将来叶が有名になったら、あたし絶対に自慢するよ」

　自分の絵はある程度以上は上手く、他人によく褒められて、高校生向けのコンクールではいい賞を獲ることもある。

　だけど、それだけだ。

　自分よりも絵が上手い人、それに心血を注いでいる人なんて、世の中にはごまんといる。容姿だって同じで、厳しい批評に晒されるような次元で生き残ることなんて無理だろう。

　すごい、とか、すごくない、とか、そんなの今だけ。

「悠ー、寮帰ったらこれやらせて」

　いつの間にか別のアプリを開いていた真帆が、ヘアアレンジの動画を見せる。

「いーよ。慣れたら朝やって、これ」

「あたし最近、編み込み上達したよね。自分でやるのはハードル高いんだけどさ」

　真帆は友達の髪を編むのが好きだった。だから、真帆が誰かの髪を触っているのを見るのは何か好ましかった。

　すごいとか、すごくないとかじゃなく、本当に自分が好きなものとはなんなのだろう？

「叶も髪、伸ばしてみればいいのに。アレンジの幅広がるよ」

「本当？　今度、そうしてみようかな」

　真帆は奥沢の髪をすくうと、その場で器用に編み上げ始めた。どうして急に泣きそうなのか、自分でもよくわからない。

　次の生物は月曜だ。月曜までは、頑張れる。

9

「授業なんてどうでも良いから、本当に帰って寝てなって。あたしなんか、毎日授業寝てるんだから」

週明け、体育の授業を休んだ宮田はそのまま保健室で眠ってしまい、五限の予鈴で目を覚ました。

「あたし、鞄取ってきてあげるから。このまま保健室で寝てなよ。そんなヘロヘロで授業出たって、何にも良いことないでしょ」

「でも次、数学だし」

「いいよ～数学は……」

みなみが止めるのも聞かず、宮田は教室に戻ろうとしていた。昼下がりの昇降口前の廊下には、もう誰もいなかった。

「保健の先生も健康第一って言ってたじゃん。言ってたの、宮田が寝てるうちに。受験期なんて長いんだから、健康管理も受験のうちだって。数学、後で誰かにノート借りなよ。あたしのノートじゃ嫌かもしれないけど、奥沢のなら大丈夫でしょ？」

「定期テスト、近いから」

ぼそっと呟きながら、そうだ、と宮田は思った。

次は必ず、奥沢に勝たなければならない。

学力テストも八月模試も、続けて首位から落ちていた。これでまた次も二位に終われば、これまで積み上げて来たものはみんななくなってしまう。

ぜんぶ失う。

すべて。

「宮田は自分に厳しすぎるよ。いいじゃん、一回くらいテスト滑っても。滑りっぱなしのあたしに言われても困るのかもしれないけど、もっと休むときは休むっていうか、いっぱい気分転換とかして……」

「うるさいよ」

うるさい、と喉を絞り切るように、宮田は低く声を洩らした。

しん、と廊下が静かになる。

周囲の音は一気に消え、どのクラスの歌声も、もう聞こえては来なかった。

「気楽なみなみと違ってさ、私はもう絶対に負けられないんだよ。何も知らないくせに、適当なこと言わないでよ」

ウイルスが蠢（うごめ）いているかのように、宮田の身体の中では怒りが増殖し続けていた。荒く息を吐き切ると、それにすら苛立ちが湧いて、宮田はみずからの拳をぎゅうっときつく握りしめた。

爪も皮膚も髪もすべて、破裂でもすればいい。

そうでもしなければ、わからない。

誰にも、何も、わかるものか。

「……そりゃ、気楽なあたしとは違うと思うけどさ」

初めてみなみからつめたい声を向けられて、宮田は大きく段差を踏み外したような気持ちになった。

「宮田って、あたしの話、まともに聞いたことないもんね。友達だ親友だって言っても、あたし、宮田が何考えてんのか全然わかんなかった。宮田が自分のこと、何も話してくれないから」

は？　と聞き返したのは、せめてもの虚勢だった。

宮田は、目の前で起きていることを咄嗟には理解できなかった。五年間、一度も喧嘩をしたことのなかったみなみが、何故こんなにも冷めた目で自分を見ているのか、わからない。

なんでみなみが怒ってるの。

「どんだけ勉強したとしても、あたしなんかが行ける大学なんて限られてると思うし、たとえ別の県とか都市に出れたとしても、最終的に南斗に戻るのは決定してるんだ。うち、兄弟いないし、無駄に土地持ってるからさ。だから地元で適当に就職とかバイトして、合コンだの婚活だのして、なんとなく適当なところで人生収まるっていうのが大体見えてるんだよね。まあ、あたしの話なんてどうでもいいんだけど……。何が言いたいのかっていうと、宮田は東京から来て、いま一瞬ここにいるだけで、大学だって絶対東京で、それから先もきっと向こうにいるわけじゃん。今後、ここに縁なんてなくって、もう帰って来ないじゃん。宮田は。合唱コンクールが終わったら、宮田なんてゲロ吐く勢いで勉強して勉強して勉強して、いつの間にか受験が来て、気づいたら卒業してて。だったら、いまここにある、あたしたちの友情みたいなものに、一体何の意味があるんだろう？　友情とか言うと宮田は冷めるかもしれないけど、あたしは本当にそう思うときがあるの。しかも、この今しかない瞬間に、うちらはちゃんと話しもしないでさ。だったら本当に、二度とここには戻って来ない宮田と、毎日毎日一緒に学校通う意味って何？」

ごめん、バカだから全然話まとまんないわ、と口元だけで笑って、みなみはばたばたと廊下を駆けて行った。

その日、宮田はみなみから一件のメッセージも受け取らなかった。


「みんな顔が死んでるなあ。もっと、ちゃんと元気を出して。これじゃあ、まるでお葬式よ」

全体練習を止め、音楽教師の佐田が高圧的に手を叩いた。声楽科出身を印象付ける喋りで、朗々と駄目出しが続く。

「まず歌い出しだけれど、投げやりに強すぎる。この曲はピアニッシモから入るのよ。楽譜は正確に読み取って。強弱にもっと敏感に。のっぺりしてると退屈するわ。そして後半はもっと激しく。指揮の奥沢さんはもっときちんとみんなに指示を出してあげて。指示が随分曖昧だわ。で、問題の伴奏だけど」

ぐるりとピアノを振り返り、険しい顔で佐田が言う。

「……ちなみに、あなた以外で代奏出来る人はいないの？」

「いや～どうなんでしょう……」

ピアノ椅子に座った馨が苦笑する。どうしてもピアノを弾ける気がしなかった宮田は、直前で馨に代奏を頼んでいた。

楽譜を初見で弾ける程、馨はピアノが得意でない。今日の練習は散々だった。

「宮田さんの怪我って、当日までに治るの？　病院は？　先週から痛みが続いているなら、ちゃんと診てもらった方がいいでしょう。特にあなた、楽器やる人なんだから」

　宮田がひどい突き指をした、と馨はみんなに説明していた。本練習での一件を知らない佐田だけが、その理由を鵜呑みにしていた。

「何にせよ、北野さんね。当日までにどうにかなるならいいけれど、ステージ上で手が止まるとあなたが辛いわよ」

「大丈夫ですよ、それまでには宮田が。ね！」

　こちらを向いた馨の目を、見返すことすら億劫だった。所属パートのない宮田はソプラノの端に突っ立って、ただ時が過ぎていくのを待っていた。

　音楽の授業の後、ごめん、と宮田が謝ると、馨は大袈裟に驚いた。

「やめてよ宮田のくせに殊勝なこと言うの！　逆にビビって腰抜かすわ！」

「あんたがそんなに弾けないの、知らなくて……」

「ほんとそれ、ってうっさいわ！　練習すれば何とかなるって！　ていうか本番は宮田でしょ、なに弱気になってんの」

　同部屋の馨には、眠れないこともばれていた。きっと、とても気を遣われている。

「そうだ！　ハロウィンのお菓子、そろそろ買っとかないとね。寮の子にいい先輩だと思われたいから、私は結構奮発しちゃうよ」

　教室移動をしている間、馨がいてくれて助かった。昨日の昼休み以来、宮田はみなみと話していない。

朝から降り続いていた雨は、七限の途中で上がった。グラウンドを見下ろしていた宮田は、空模様が一変し、ぶ厚い雲を割って、新しい光が地を射す瞬間を目撃していた。

どうせまた、雨は降ってしまうのに、どうして晴れ間は訪れるのだろう。

「では問5を、ミズ宮田」

宮田が予習ノートの訳をそのまま読み上げると、Excellent、と英語教師が親指を立てた。

「きれいにまとまっていますね。something to live for、生きるための何か、で、生きがい。英作文でも使えるのでそのまま覚えてください」

不眠で回らない頭の中に、さまざまなことが過ぎっては消える。ピアノ。試験。それから。

シャープペンの先がまた折れる。

習熟度別の英語のクラスに、みなみはいなかった。

杉本が玄関にいない頃合いを見計らい、宮田は遅くに帰寮した。

「おかえりー。さっき、おスギが宮田に話があるって探してたよ」

部屋に入るなり馨にそう言われて、宮田は嫌な予感がした。それはかつて自宅で築山のパンフレットを見つけた時の予感に似ていて、鳥肌が立った。

わざわざ杉本に呼び出されるだなんて、いったい何を言われるのだろう?

「寝てるって言っといて」

ベッドの梯子に手をかけると、馨が困った声色で言う。

「いや〜伝えておいてって言われたし……寮監室行ってみたほうがいいって」

「今から寝るから本当に無理」

馨が半笑いでなだめてくることに違和感を感じて、宮田は悲しくなった。完全に腫れ物扱いだ。クラスのみんなもそうだった。自分がピアノを弾けないせいで、迷惑だってかけている。ピアノも弾けず、成績も振るわず、他人に気ばかり遣わせて、それなら私がここにいる意味とは一体何なのだろう？

「呼ばれて、何を話されんの？」

自分の声がくぐもっている。

「いや聞いてないけど、別に怒られるわけじゃないんだから」

「絶対怒られるに決まってるよ」

あれ、と宮田は不思議に思った。

杉本が自分に怒り狂うことなどあるはずがないのに、どうして自分はこんなことを口走っているのだろう？

「いつも、そうやってめちゃくちゃに怒ってひどいことになるんじゃん……」

全身に電流を流されたかのように、ぶるぶると身体が震える。深い嗚咽に腹が痛んで、宮田は身体を折り曲げた。

「大丈夫大丈夫！　宮田、ちょっと落ち着こ!?」

動転した馨の表情を見て、宮田はようやく事態に気づいた。

冗談みたいな奇声を上げて、自分が泣き崩れている。

「だってさー、あたし、もうずっと、朝の指慣らしやってないんだもん……」

「いいよいいよ、よくわかんないけど大丈夫だって！　落ち着こう！」

「絶対絶対怒られる、あたしが練習やらない悪い子だから」

喚(わめ)き散らしている声は廊下まで届いているのに違いない。杉本が駆けつけるのも時間の問題だった。

私、何を言っているんだろう?

「宮田はなんも悪くないって！　大丈夫大丈夫！」

「全然大丈夫なんかじゃないよ、お母さんに怒られる……」

その場にくずおれた宮田は、床に額をつけながら号泣し続けた。

10

校内放送で呼び出された奥沢は、また応接室にいた。

「市の奨学金事務局に問い合わせてみたところ、やはり所得制限のラインは絶対みたいです。まあ、そうだろうとは思ったんですが」

そのために設けられてるものですからね、と堂本が出目を見開いて笑う。

「そうですよね。確認していただいてありがとうございました」

「ひょっとして、お母さん、何かいい話でもありました？」

家庭環境を知る堂本が、ぶしつけにそう尋ねた。そういうわけでは、と奥沢が言葉を濁す。

「合唱の進みはどうですか？　奥沢さんが指揮をするそうですね」

「頑張って練習してます。本番も近いので」

「伴奏は宮田さんらしいじゃないですか。二人で協力して、頑張ってくださいね」

宮田は今日、学校を休んでいた。馨から昨夜の様子を聞いた奥沢は、当日まで宮田の具合は戻らないのだろうと思った。何がどうしたというのだろう。

最後の最後で、こんなことになるなんて。

「試験も控えていて慌ただしいですね。今回も頑張ってください。大いに期待してますよ」

応接室を出ると、途端に生徒たちのざわめきが近くなった。もし、大学に行くことが叶わなければ、こんな光景だってもう見納めだ。

肌寒さに外を見やると、昇降口前の廊下のガラス扉が半開きになっていた。中庭の木々が紅葉している。

その燃える中庭の片隅に、しゃがみ込んでいる背中が見えた。

くたびれた白衣の裾が、花壇の縁についている。

先生、と奥沢が中庭へ出ると、時枝が顔を上げた。

「奥沢さん、靴……」

「履き替えてます」

奥沢が足元のローファーを指差すと、さすが、と時枝は苦笑した。

中庭の隅には、見慣れない花壇が出来ていた。自分で囲いを作ったのだと、積まれた煉瓦を時枝が数える。

「学校に頼んでみたら一角くれたので、有効活用を。まあ授業で使う用ですけど」

「何を植えるんですか？」

「スカシユリを。うまく育てば来年、中一の授業なんかで使えるので」

傍らには、肥料の袋が寝かされていた。途中で脱いでしまったのか、丸まった軍手も落ちている。

ユリの球根を手に取ると、ごろりとそれは固かった。

「それ、園芸やってるご近所さんにもらったんですよ。見た目より重くて、いいでしょう」

奥沢の想像よりもかなり深く、時枝がスコップで花壇の土を掘った。出来た穴の中央にユリの球根をそっと置き、せっせとそれに土をかける。

「合唱は、順調ですか？」

手を動かしながら時枝が言う。どうなんでしょう、と奥沢は苦笑した。

「まとめる人は大変でしょう。うちのクラスも揉めてますよ」

「揉めごと、ではないんですが……」

「学校行事に揉めごと、付き物ですからね。あんまり気負わないほうがいいですよ。奥沢さん、真面目だから」

お昼ってもう食べたんですか、と確かめられて、奥沢は午後を空腹で過ごすことに決めた。

穴を掘っては球根を植えて土をかけ、また新しく穴を掘る。時枝がそれを繰り返すのを、奥沢はずっと見つめていた。

「雪が降る季節は、何か被せたりするんですか？」

「特には。寒さには強いはずなので。冬場は花も咲かないですし」

紅葉が過ぎれば雪が降る。その雪が解ける頃には、自分たちは高三になっているだろう。その頃、自分が何を思い、何をしているのか、想像もつかない。

キンモクセイ、あるでしょう、と時枝がまたひとつ球根を植えた。

「旧宣教師館前の。寒さといえば、あれはよく根付いてくれましたね」

「珍しいことなんですか？」

「キンモクセイって寒さに弱くて、普通は南東北より北では育たないものなんですよ。人の手で植えたにしても、よく元気だなと。一種の奇跡ですね」

時枝のその言葉に、つい奥沢は笑ってしまった。

「奇跡だなんて、言い過ぎじゃないですか？」

「全然、言い過ぎではないですよ。奇跡っていうのは、ああいうのを指すんです。人が思うよりもずっと、この世で奇跡は起きている」

植えてみますか？　と時枝に訊かれ、奥沢は最後の球根を受け取った。耕された土の中に、それを隠すようにそっと置く。

「これって、私が卒業した後もずっと花は咲きますか？」

「咲きますよ」

最近、久しぶりに少女漫画の絵を描いたんです、と奥沢が小さな声で打ち明ける。見上げた校舎の窓からは、歌声が降り注いでいた。

11

杉本の軽自動車は、昼下がりの南斗スカイラインを走っていた。

「また再来週、一緒に行こうね。優しそうな先生だったじゃない」

助手席の窓から山の紅葉を眺めながら、はい、と宮田は呟いた。車の中にはシトラスの香りが漂っていた。

杉本が予約したメンタルクリニックは築山からは遠く、車で四十分を要した。

繋がれっぱなしの音楽プレーヤーから、昔の流行歌が流れている。どれも宮田が生まれる前に流行っていた音楽だ。

「あらー。きれいねえ。絶景だわね」

車窓に流れていく紅葉の山際を見て、杉本が微笑む。

「途中でちょっと、降りていかない？　この辺にね、若い頃に来てた展望スポットがあるの」

望遠鏡もあるのよね、百円入れて動くやつ、と杉本はウィンカーを出して車線を変更した。それから、自販機のコーンポタージュについて語り始めた。

杉本は目鼻立ちがはっきりとした可愛らしい顔をしていたが、親よりも更に年上だった。杉本の若い頃、というのが新鮮で、宮田は引っ詰め髪の横顔を見つめた。

膝の上の袋には、処方された薬が入っていた。ごく軽いものだという。

想像していたよりも早く診察は終わってしまい、宮田は肩透かしを食らった。とんでもない何かを宣告されるようなことは、起こらなかった。


百円を入れて動くはずの望遠鏡には、故障中の札が掛けられていた。

「やーねー錆びちゃって。昔は新品だったんだけどね」

フェンスに肘を乗せて杉本が笑う。杉本の言う展望スポットは駐車場を兼ねていて、いくつかの白線がアスファルトを枠取っていた。

自販機でコーンポタージュを買ってもらった宮田は、それに口をつけながら、山に吹く風から大切な指を温めた。

錆びたフェンスの向こうには、目が覚めるような紅葉が広がっていた。

「学校の紅葉もそろそろじゃない？　私、校舎の方はあんまり行かないんだけどさ」

「……昇降口前の、中庭はもう」

「あ、そっかあ。あそこもそうかあ。裏林の白樺も黄色くなってきてるよね。秋がね、一番きれいよね。ほかの季節もそれはそれでいいけど、移ろいが見られるから、秋は。葉が舞ったり、落ち葉が鳴ったり」

季節の雑談なんて、すぐに尽きる。

合唱の話をしないのは、杉本の気づかいだろうと宮田は感じ取っていた。

「そういえばさっき、サークルＫの跡地が工事してたじゃない？　あそこ、何になるか知ってる？　歯医者だって。歯医者って、全国ではコンビニよりも数が多いんだって。すごいよね。

確かに寮の子たちも、歯医者で自転車、借りるもの」

わざわざ車を降りてまで、話したいこととはなんだろう。

次の瞬間にでも、この和やかな雑談が終わってしまって、恐ろしい知らせを告げられるような予感がした。昨日だって、杉本は宮田を探していたのだ。

嫌な知らせをこれ以上先送りにするのも、嫌だった。

「工事っていえばさ、いま駅前に建設中の」

「あの、用件ってなんですか」

居たたまれなくなった宮田は、自分からそう切り出した。

「用件？」

「なんとなく察しはついているんですけど……」

何が？　と杉本が不思議そうに宮田を見つめる。

宮田には、それが白々しい芝居であるかのように感じられた。

「私は親元に送り返されるんですか？」

「え？」

「もし、何か悪い病気なんだって今度言われてしまったら」

杉本は心底驚いた顔で、宮田の目を見つめ返した。

「……どうしてそんなこと思うの？」

「だって、手に余ると思うし」

杉本さんにも他の人にも迷惑だと思うから、と宮田が呟くと、杉本の顔にぐっと大きく皺が増えた。

　その変化がなんなのか、宮田にはわからなかった。

「……迷惑なんかじゃないでしょ？」

「でも実際にいま、迷惑をかけているので。合唱の伴奏だって弾けなくなって、馨に押し付けちゃったんですよ。それでクラスの雰囲気も微妙になってて。このままだと勉強どころじゃないし、そしたら受験もダメだろうし。一期生の進学実績が大事なんだって学校にも言われてきたけど、もう期待されても無理だと思うので。あと、最近、友達もなんか、すごく怒らせちゃって……毎回遠方に通院するなら、杉本さんにも迷惑だし」

　私がここにいるよりは、いないほうがいいと思うので。

　そう口にしてみると、喉の奥から魚の小骨が取れたかのように、すっと胸が楽になった。

「ここに最初に来た頃は、勉強にもピアノにも自信があったから。自分は価値のある人間なんだって思い込んでました。でもそれも昔の話で、もうあれもこれも、なくなってしまったので」

　物言いが軽くなるにつれ、ああ本当にそうだな、という気がしてきて、宮田は気持ち良さすら感じた。ずっと裏返っていたパネルが、表になっていくような。

　一方で、東京へ帰されたらどうなるのだろうとも思っていた。親に捨てられて、学校からも見放された時、自分はどこへ行くのだろう。

　宮田がそう思案している間にも、目の前には杉本がいた。

　杉本の全身には人ひとり分の血が通い、高い標高の地にあって、それは熱く滾（たぎ）っていた。

「今日は時間取って貰っちゃってすみませんでした。次からはバスかタクシーで……」

「私の話をしてもいい？」

火事場のような真剣さで、杉本は宮田の目を見つめていた。そして時おり頼りなげに、その視線は泳いだ。

杉本の目がうっすらと充血していることに、宮田はしばし気づかなかった。

「私はね、ここで生まれてここで育って、中学高校ももちろんここで。宮田さんみたいに勉強ができるわけでも、他の何かに優れているわけでもなくって、すっごく普通の子だったの。高校卒業してからは、葛屋デパートってところで働いて。そこが潰れてからは、保育園と写真館で働いて。すっごく普通でしょ？　別に趣味って程の趣味もないし、好きなお菓子とか、好きな番組とかはあるけど、それだって取り立てて言う程のものでもないし……」

杉本がひどく緊張しながら話をしているのがわかって、宮田は戸惑った。

また、自分が何か変なことをしてしまったのだろうか？

「私って、結構忘れっぽいじゃない？　よくみんなも怒るでしょ。おスギ、まーた忘れてる！って。ほんと毎日そんな感じで、全然ちゃんとしてないのよね。本当はこんなこと、生徒のあなたに言うのはダメなんだろうけど、学校の人に怒られることだって沢山あるの。だから、出来がいいか悪いかで言ったら、すごく出来の悪い寮母なわけ。私は。でも、だったら、私は星見寮にいない方がいいのかな？」

杉本が言わんとしていることの意味を、宮田は汲めなかった。

「……どうしてですか？」

「同じことじゃない、宮田さんも」

「私は違いますよ」

宮田はさも当然のことかのように呟いた。

「全然違いますよ。杉本さんはみんなに好かれているし、手先も器用で、玄関前の飾りだって上手だし……」

宮田は、寮監室で作りかけの飾りを見るのが好きだった。

花や動物のかたちに切られている色画用紙を見つけると、ああ、また別の季節が来るんだな、という気持ちになるからだ。毎朝、寮監室を覗いてみるとそれは少しずつ進んでいて、顔が付けられていたり、葉が増えていたりする。

杉本は下唇をきつく嚙み締めながら、笑っていた。

「あんなの、毎回毎回、褒めてくれるの、宮田さんだけなんだよ。知らないでしょ?」

毎年、新しい春が来て、寮生が増えていく度に、もう忘れられただろうな、と宮田はずっと思っていた。

大勢の中のひとりに過ぎない自分のことなど、杉本が気にかけてくれるはずはないと。

「あなたがいつも話しかけに来てくれたこと、嬉しかったよ、私は」

杉本の目尻で涙がつぶれるのを、宮田はただ見つめていた。

「もし、宮田さんが、私もここにいていいって思ってくれているんなら、それは絶対に宮田さんもここにいていいってことなんだよ。この意味わかる?」

12

奥沢は一日中、気がつけば指の先を揺らしていた。音楽の授業で佐田に指摘されたことが、異様に気になっていた。

もっと、正確に、的確に、みんなに指示を出さないと。

「だいぶマシになって来た感はあるよ、成長」

放課後練習の後、奥沢たちは馨の伴奏練習に付き合っていた。上から目線で真帆が褒めると、うっさいわ、と馨が言う。

「伴奏って大変なんだね。宮田さんがチョロそうに弾いてたから、みんなすぐ弾けるようになるもんなんだと思ってた……」

「んなわけないだろ！」

「てか宮田さん、本番は来れるのかな。最後の学校行事なのに」

戸が開く音に目をやると、みなみが職員室から戻って来ていた。サンキュー奥沢、と手を振られる。

「提出、ギリ間に合った。明日の昼、カツゲンでもおごるわ」

「ううん。全然」

「危うくスリーアウトで死亡だったわ。感謝感謝」

数学の課題を見せて欲しい、と奥沢はみなみに頼まれていた。提出期限の直前まで、みなみが必死でそれに取り組んでいたことを奥沢は知っている。

　みなみがキーボード前の席に座ると、真帆が身を乗り出した。

「ねー、宮田さんってなんで今日休みなの？」

「さあ……」

「てか、なんでそこ、ケンカしてんの？　超めずらしくない？」

　真帆の疑問はもっともだった。奥沢もそれが気になっていた。

「宮田さん、なんか知らないけどいま大変なんだから、こっちが大人になって折れてやりゃあいいじゃん。これ以上、追い詰めたらカワイソーじゃない？」

　真帆が茶化すと、みなみの顔は露骨に曇った。

「……関係なくない？」

　はいはい揉め事増やさない、と由梨が大きく手を叩く。奥沢はため息が出そうだった。

　宮田が学校に来なくなり、伴奏はガタガタで、クラスの結束も崩れ、自分も神経質になっている。現状は最悪だった。

　こんなことで、本番はどうなってしまうのだろう。

　一触即発な空気を和らげるために、馨がもう一度キーボードを弾き始めた。ふと奥沢が顔を上げると、見慣れない顔が廊下から中を覗いていた。

「誰かに用事？」

　奥沢が駆け寄ると、あ、と彼女がこちらを指した。その挙動は幼かった。

「曲が聞こえたんで、てっきり宮田先輩かと思って……」

「ああ」

宮田の後輩か、と思い、奥沢はニコリとして見せた。

「でもメチャ下手だから違うかも、って見に来たら、やっぱ全然違いました」

奥沢が呆気に取られていると、先輩に失礼だろ、とみなみが不機嫌そうに呟いた。ポニテ先輩だ、と下級生がまた指を差す。

「ポニテ先輩がいるのに、なんで宮田先輩いないんですか？」

「宮田は今日休み。いいからもう帰んな」

「え、どうかしたんですか」

「知らん。誰でも体調悪い日くらいあるっしょ」

追い払おうとしたみなみを無視して、宮田の後輩は教室の中へ入ってきた。上級生の教室に入ってくるだなんて、宮田とは違う方向性で図太い。

「こないだの階段でも体調悪そうだったし、ずっとじゃないですか？　洋館でも青い顔してたし。病弱なんですかね？」

私、めちゃくちゃ健康体なんで病弱とかあこがれちゃうな、と笑う姿を見て、変な子だな、と奥沢は思った。

「ちょっと宮田の後輩！　人が弾いてる途中で下手とか言うな！」

曲を弾き終えた馨が怒ると、悪びれもせずに後輩は言った。

「でもリズムがぶれてるのは本当なので、練習するならちゃんとメトロノーム使ったほうがいいですよ。本番は指揮があるかもですけど」

「うっせ～！　けど、一理ある！」

偉そうな物言いを聞いて、きっとこの子はピアノの後輩なのだろうと奥沢は思った。思わずじっと見つめてしまうと、チョンマゲ頭はやたらに照れた。

「なんていうか、奥沢先輩ってマジにきれいなんですね……」

「あなたから見て、宮田さんってどういう感じなの？」

昔から誰かに聞いてみたかったことを奥沢はつい問いかけた。後輩がぽかんとする。

「どういう、ってどういうのですか？」

「ピアノを弾く人から見た、才能とか力量？　私は、音楽とか、ピアノのことはわからないから……」

変なことを聞く人だな、という顔をされて、奥沢は恥ずかしくなった。キーボードに目を向けながら、宮田の後輩が平然と言う。

「そりゃあ、めちゃくちゃ上手いですよ。私みたいな雑なのとは違って、繊細だし……。ああいう人は何人もいないと思いますよ。もっとちゃんと、専門のところで弾き続けてればよかったのに」

なんで黙ってたの？　合唱コンクール、と寝間着の麗奈に囁かれて、奥沢は牛乳をこぼしかけた。

「……黙ってたわけじゃないけど。どうして？」

「どうしてって？」

「何で知ったの？」

学校行事のプリントは、帰宅途中に捨てていた。元々、娘の学校行事になど興味のない親だった。散々裏切っておいて、今更何を言い出すのか。

「築山のブログだよ。たまたま見たら、書いてたから」

「中学生の保護者向けじゃない？　高等部の子の親なんて、誰も来ないよ」

「ううん。中学生も高校生も、みーんな頑張ってるから、保護者の皆様はぜひぜひ、お越しくださいって。土曜でしょ？　戸越さんと行こーかな。あの人も観たいだろうし」

「……来ないでしょ」

うすら笑いを浮かべながら、奥沢は冷蔵庫に牛乳パックをしまった。庫内の光が、暗い台所に洩れる。

合唱コンクール当日、市民ホールには築山の全校生徒とその保護者が集まる。母と戸越が来れば目立つだろう。だけどそんなことよりも、家と学校の境界が失われることの方が嫌だった。母と戸越と自分とみんなが、同じ空間に揃うだなんて悪夢だった。

「来たってつまんないと思うよ？　素人の歌だもん」

「素人だろうがなんだろうが、自分の子どもの行事なら、誰だって見たいと思うでしょ？」

「……私、あの人の子どもではないんだけど？」

奥沢は半笑いで言った。何をいきなり、家族ごっこを始めているのか。これまで私に何をしてきたのか、忘れたのだろうか。

すると麗奈は突然、笑い始めた。缶ビールに口をつけながら、煽るように過剰に笑う。

「戸越さんの子じゃなくっても、あんたは、あたしの、子でしょ？　かなちゃんの親はあたしじゃん。親御さんもぜひ！　って言われてんだから、あたしには行く権利があるの」

「……権利とかの話じゃなくって」

「権利の話よ？　権利権利。あたしはあんたの親だし、戸越さんは散々お金出してるし、あたしたちはそこに行く権利があるでしょ？」

あんた、大学行きたいんじゃないの？　と麗奈が鼻で笑った。

「知ってんのよ？　あんた、あたしのこと、恥ずかしいって思ってるんでしょ？　自分が優等生で通ってるから、こんな母親で恥ずかしいって。だったら、尚更、学校行くわ。合唱コンクールも、卒業式も、大学の入学式も、結婚式だって、絶対にあたしは行ってやるから。あんたがどこで何をしようが、どれだけ立派に偉くなろうが、あんたはあたしが産んだんだから」

裸足で立ち尽くしながら、奥沢は母親の顔を見つめていた。何者かの足音が近づいて来るかのように、だんだんと頭痛が増してくる。


この災いから逃れるためには、一体どうすればいいのだろう？

何になったら。

どこへ行ったら。

どのくらい遠くまで走れば。


止まない頭痛に目を細めながら、奥沢は保健室の来室ノートに名前を書いた。

「先生、ちょっと一瞬、職員室行ってくるから。横になりたい感じ？」

　できれば、と奥沢が答えると、養護教諭の蒲田芳美(かまたよしみ)はシャーッと音を立ててベッドの周りをカーテンで囲った。部屋の電気が静かに消される。

　ノートの履歴を見てみると、宮田佳乃の名前があった。頭痛、とひと言書いてある。

　制服のままでベッドに寝転ぶと、変な感じがした。四方を白いカーテンに囲まれていると、だんだん、自分がどこにいるのかわからなくなってくる。

　奥沢の意識が薄らいだ頃、蒲田が戻ってきた音がした。

「……寝てるかなあ？　今そこ、生徒いるんだけど、たぶん寝てる」

　起きてはいけない雰囲気を察して、奥沢はわざと規則正しく呼吸を始めた。

「大丈夫ですか？　すみません、突然来ちゃって……」

　別の大人の声も聞こえる。大人の女性の声だ。

「私も紹介した手前、気になってたから。本人は？　今日は？　授業出てるの？」

「いえ、まだ。ずっと寮で寝てます。このところ不眠みたいだったから、寝溜めの逆かなって感じはするんですけど」

「そっか。お医者さんが様子見でというなら様子見で。思春期だし、大人ともまた違うから」

　偽りの寝息を立てながら、宮田の話だろうか、と奥沢は思った。だとすると、もう一人の女性は寮母だろうか。

　星見寮の寮母には、中一の頃に会ったことがある。もう顔も覚えていないが、声の雰囲気は記憶の中と似ている気がした。

「合唱が終わったらすぐに定期試験と模試があるじゃないですか。そんなの一回くらいどうでもいいじゃないって私は思うんですけど、本人はそういうのを気に病む子だから。合唱のことだって随分気にしているみたいだし」

「まあこの学校のスケジュールもね。ちょっとね」

「そうですよね。ここの行事の詰め方にだって問題があると思うんですよ。私は学校に意見できる立場じゃないので、言えないですけど」

「私ならこんな学校、無理だもの。無理無理。やだ、言っちゃった」

年配の蒲田が噴き出すと、ねえ、と寮母も笑っていた。

いつもの蒲田は、だらしのない格好の生徒を廊下で呼び止めるような厳しい先生だった。突然、奥沢は学校の舞台裏を覗いているかのような気持ちになった。

「でも、わかんないよね？　いま頑張っている人たちには非凡な人生が待っているのかもしれないし。わかんないよねえ、これぱっかりは」

ましてや優秀な子なら尚更、と蒲田が言う。

「ちなみに、いまそこで寝てる子は学年トップの片割れなの」

「え、そうなんですか？」

思いがけず話題に挙げられた奥沢は、寝息を立てるのが下手になった。

「そう言われるとどうしたらいいのか。私は凡人の人生しか知らないから……。でも自分を含めて、大人なんてそこまで頑張っちゃいないのに、どうしてあの子だけそんなに頑張らなくっちゃいけないのって思ってしまうんですよね。頑張って頑張って、結果だってもう十分ついてきているのに、どうしてそんなに自分に自信がないのって」

　別の人の話だったのだろうか、と奥沢は思った。

　自分の知っている宮田佳乃は、自信家だからだ。

「生徒それぞれ、家庭も違うから色々あるわよね」

「そうなんですよね、どこまで突っ込んだ話をしていいのかわからなくて……。逆に傷つけてしまうかもしれないし。親御さんも、あまり連絡がつかない人なんですよ。長期休暇だって、全然家に帰りたがらないし」

　悲痛そうな寮母の声を耳にしながら、いいじゃないか、と奥沢は思った。

　親が連絡のつかない人で、家に帰らなくてもいいだなんて、うらやましいことこの上ない。それで勉強もピアノも存分に出来るだなんて、今すぐ私と代わって欲しい。

　この数日の宮田を目の当たりにしていても、奥沢は強くそう願った。早くに母親を亡くしたことだって知っている。けど、それが？

　それでも私よりはずうっとましだ。

　ずうっと、ずうっと、ずうっと。

「せんせー、突き指しちゃった」

　戸の開いた気配とともに、聞き覚えのある声がした。

「あらら。体育？　何やってたの？」

「バスケ。ボール、ガツーンって」

「じゃ氷嚢（ひょうのう）作るからそこ座って」

森さんの声だ、と思いながら、奥沢は緩やかな眠気を感じていた。

「めっちゃ痛くて体育戻るの無理なんで、休んでいってもいいですか？」

「突き指が痛くて体育館戻れないってことはないでしょ。そういうのは、サボりって言うの」

「いや、ついでに生理で腹痛なんすよ」

みなみがすぐそこのソファで寝転んでいる光景が目に浮かんだ。みなみはそういうことが上手いのだ。

そもそも本当に突き指なんてしたのかな、と奥沢はなんとなく思った。

「あ、寮の」

こんにちは、とみなみが言うと、こんにちは、と寮母も言った。

みなみも、流星群騒ぎの時に寮母と会っているはずだ。

「校舎に用、あったんですか？」

「ううん、ちょっと蒲田先生に会いに来ただけー」

「へえ。そこ、仲いいんだ」

寮母の適当な口実に、みなみは突っ込まなかった。

「合唱、君のクラスは何歌うの？」

蒲田は存外、優しくみなみに話を振った。

森さんの突き指、たぶんウソなのに、体育館に戻されないんだ、と奥沢は思った。

「『落葉松』ってやつです。すっごい合唱っぽくて、つまんなくて」

「あら、いいじゃない落葉松」

寮母も会話に加わると、途端に雑談の寿命が延びた。

「私はあの曲、好きだけど。昔、クラス合唱でやったことあるの」

「歌詞とか、つまんなくないですか？　意味わかんないし……もっとわかりやすく感動出来るやつがよかったな。学校行事、うちらこれで最後だから」

奥沢もみなみの言いたいことが少しわかった。いまだに歌詞の意味だって、何度見たってぴんと来ない。

その言い草に苦笑しながら、寮母が言う。

「私も当時はそうだったかも。退屈な歌だなあなんて思ってたんだけど、でも今思い出すといい曲なんだよね」

「えー、そんなことってあります？」

「あるよ」

「ふうん。大人んなったことないからわかんないな」

奥沢は、その時ふっと星見寮の寮母の名前を思い出した。

杉本だ。

「詩の情景がきれいじゃない？　そこがいいなあ、と思って」

「私、山とか川とか、そういうのの ワビサビ全然わかんないんですよね」

「いいのよ、若い子はわかんなくて。おばさんになったらわかるんだから」

ねえ？　と杉本が言うと、そうよ、と蒲田が笑った。

「えー、でもあたしはおばさんになんないですよ」

「若い時はみんなそう言ってんの」

「ちょっとやめてくださいよ、あたしは絶対ならないんで」

あら残念、と蒲田がすねると、杉本は笑っていた。

綿布団の上に両手を出した奥沢は、僅かに指先を動かして、頭の中に流れ始めた音楽を奏でた。

「これは私の想像なんだけど、『落葉松』の雨は全部、すごくきらきらして金色に光っているんだよね。そういう感じがして好きなの」

「え、落葉松ってマツ、金色なんですか？」

「そういうわけじゃないんだけど、イメージ？」

詩に正解なんてないでしょ？　と、杉本が笑っている声が聞こえる。

意識が落ちていく間、奥沢の脳裏には金色の雨が眩しく降り続いていた。

13

ここはどこだと思った場所は、いつもの寮の部屋だった。生きている。

宮田がベッドの上段で身体を起こすと、下に馨がいるのが見えた。寝過ぎて頭も喉も痛い。

「……馨の出身って、十勝だっけ」

宮田が突然声をかけると、馨がわっと悲鳴をあげた。

「ビックリした！　いつ起きた!?」

「今。なんかすごい寝た気がする……」

部屋のカーテンは閉められていた。夜だった。

「実際、あんたすっごい寝てたんだって！　今朝、起きてもいないもん」

宮田が病院行ったのって昨日の午後だよ、と馨に言われて、さすがに宮田は驚いた。丸一日以上、飛んでいる。

「でもいっぱい眠れて良かったじゃん！　夕飯もこれからだし、起きたタイミング良かったよ。顔色も良くなってる」

まさか第一声が十勝とは、と馨が遅れて笑い出す。

どうして自分がそんなことを尋ねたのかはわからなかったが、心のうちを探って行けば、思い当たることがあるような気もした。

「馨さあ」

「おう？」

「医学部はやめるって聞いたけど、何にせよ南斗からは出るでしょ？　進学で」

「そらそうよ……」

起き抜けにべらべらと喋り始めた宮田を、馨は警戒しているようだった。

「卒業したらさ、来ることあると思う？　ここ」

「どこ？」

「南斗」

あんた出身十勝じゃん、と宮田が続ける。

すると馨は躊躇せず、当然のことのように言った。

「え、たまには来るんじゃない？」

「……なんで？」

「何でって、寮も学校もあるし、土地に思い入れがあるじゃん？　別に毎年は来ないだろうけど、来たい時は来るでしょ。なんで？」

「ふーん……」

部屋の中を見下ろすと、馨の机の上に封が開いているチョコ菓子が見えた。

「お菓子がある……」

「あるよ！　食べる？」

「それ何？」

「きのこの山」

じゃあいいや、と宮田がそっぽを向くと、おい天下のきのこの山だぞ、と馨が激しく突っ込んだ。

「私、たけのこ派だから」

そう呟いた胸のうちに、懐かしい記憶がよみがえる。

ウッソ、宮田たけのこ派か。あたしきのこ。

放課後のいつもの分岐点。いつだって、何の意味もないことばかりを話していた。

「……それ、弾けるようになった？」

馨の机の上の『落葉松』の楽譜には、遠目にも努力の跡が見えた。

まるで昔の自分のようだ。ハローキティの蛍光ペンで、カラフルになったラフマニノフの楽譜。

「おおむね！　概ね大丈夫！」

「そっか」

「ほら、私、天才だから。本番にはどうにかなるって！　心配ご無用！」

「なら」

この数日の馨の努力を前にして、軽率なことは口にするべきではないと宮田は思った。

だけど、なんだか。

「……ちなみに一応言うけど、宮田が弾くに越したことはないんだからね？」

そろりと、探りを入れるように馨にそう囁かれ、宮田は思い切り目を逸らした。

「……でもあんた、それすっごい練習したみたいだし」

「そりゃやったわ！　超やってるよ？　自分でもかなり偉いと思う。思うけど、私は本当に宮田の代わりに打席に立ってるだけだから。別にやりたくてやってるわけじゃないんだよ？」

「ごめん……」

「そうじゃなくて！　だから、宮田が出来ないとか、やりたくないって言うなら助けてあげるけど、もしまたやりたい気持ちになったんだったら遠慮しないで言えってこと！」

そんなの虫が良すぎるでしょ、と宮田が呟くと、も〜、と馨はむずかるように自身の身体を揺すった。

「私がどう思うかなんてどうでもいいんだよ！　これは宮田の話でしょ？　私は本当の本当に

どっちだっていいよ。今更どっちに転んでも、今日までの努力が無駄になるか、本番でやらかすかの二択じゃん」

「……本当、やばいこと頼んで悪かった」

「で、宮田はどうしたいの!?」

これは宮田自身の問題でしょ、と馨が立ち上がる。

元々、勝手に押し付けられて、引き受けてしまっただけだった。自分で望んだことでもない。クラス合唱の伴奏なんて、本来誰にでも務まるものだし、やりたいとかやりたくないとか、そういう話じゃないはずだ。

どっちだっていいじゃない。どうだって。

「私は別に……」

違う、と宮田は思った。

さっきから、自分の視線の先にはずっと、『落葉松』の楽譜がある。

身体の末端に火がついたように、一気に何かが迫り来る。短い導火線がジュバジュバと焦げて、心臓を燃やしにかかる。

情熱を恥と思うのはもうやめだ。

「あの、弾かせてください」

啖呵（たんか）を切ってみせるどころか、情けない声しか出なかった。ごめん、と続けて呟くと、馨は笑っていた。

その日の夜、宮田が数日ぶりに例のゲームにログインすると、宮田の猫は死にかけていた。慌てて世話をしてやると、次第に猫は回復し、元気に庭を駆け回り始めた。

宮田が猫の世話をしたのは、久しぶりのことだった。お世話記録のページには、みなみの名前ばかり続いていた。

ハートをまとめて送ってみても、みなみから返信は来なかった。


冷気が頬をつんと刺す。正方形の窓から降り注ぐ白い陽が、ここを特別な場所に見せていた。集合時間よりも早く旧宣教師館に着いた宮田は、冷えて革が固くなっているピアノの椅子に腰掛けた。それだけでもう、息が詰まる。どくどくと血が巡る音がうるさい。

もうピアノ科には進めない、ましてやピアニストになんてなれない。今後コンクールにも出ないだろう。自分の指は、衰えた。明日の合唱コンクールが、人前で弾く最後の機会になるかもしれない。

かつて天才と持て囃されたこともある自分のラストステージが、校内行事の伴奏だ。この姿を彩奈が見たら、手を叩いて笑うだろう。

だけど、もし、勇気を出して、明日ピアノを弾くことが出来たなら、自分もここにいていいのだと思えるような気がするから。

軋む扉を開けながら、ホールの中に入って来たのは奥沢だった。

「おはよう。早いね。鍵、開いてた?」

「自分で開けた」

宮田が職員室から取ってきた鍵を掲げると、そう、と奥沢は微笑んだ。

馨と同じかそれ以上に、奥沢にも迷惑をかけた。何をどう言ったらいいのかわからなかったが、ひとまず謝ろうと宮田は思った。

「体調治ってよかった。無理はしないで」

「あの、奥沢さん」

「突き指も。無事治ったみたいで安心した。馨のメッセで見たよ？　本番に間に合ってよかったね。あとは今日と本番だけだけど、頑張ろ」

降板劇の原因が突き指ではないのは誰の目にも明らかだったのに、奥沢は何も訊いてはこなかった。まるで見えない境界線が、自分たちの間に完全に引かれているかのように。

そのせいで、宮田は謝るタイミングを逃してしまった。

「暖房って、もうつけた？」

「まだ……」

「じゃあ私、つけてくるね」

奥沢が出入り口の分電盤まで駆けて行くと、つめたいホールに足音が響いた。今にも雪が降り始めてしまいそうに、静かに辺りは冷えていた。

宮田は初めてここに来た日のことを思い出していた。凍えるような入学式。

これから冬が来て春が来て、また次の冬が来れば、その次の春の景色を見ることはなく、自分たちは卒業する。

ピアノの上に置かれたままの奥沢の楽譜には、端正な文字でたくさんの書き込みがされていた。𝆑の上にはフォルテッシモ、𝆏𝆏の上にはピアニッシモ。まるで英単語の読みでも覚えるかのごとく、すべてに整然とふりがなが振られているのが宮田の目には新鮮に映った。自分は弾かないだろうに、ピアノ譜の音階も全部書いてある。

　真面目なやつだな、と宮田は思った。

14

　メタセコイア並木の紅葉の向こうに、市民ホールの入り口はあった。深夜の気温を引きずって、おもてはきんと冷えていた。

　第一回築山学園校内合唱コンクール、という墨書きの看板がガラス扉の向こうに見える。

「やべ～緊張して来た！」

　落ち着きなく手のひらを擦り合わせる馨に、真帆が笑って突っ込みを入れた。

「なんで馨が緊張してんだって。結局、伴奏やんないじゃん」

「伴奏じゃなくっても十分緊張するっつーの！」

　宮田たち寮生は、学校の貸切バスで早めの時刻から現地入りしていた。八時を過ぎるとだんだんと、自宅生も増えてくる。

　手袋の両手に熱く息を吐きながら、宮田も開場を待っていた。

「あ、みなみ来た」

　由梨が指した方向に、ポニーテールの生徒が見えた。真っ赤なマフラーに顔をうずめて、ポケットに両手を突っ込んでいる。

「はよ。朝から寒くて死んだわ」

合流するや否や、みなみは不機嫌そうだった。

「何これ、まだ中入れないの？」

「なんでか現在待機中」

宮田がぼそりと返事をすると、みなみはすぐに目を逸らした。ぶれた横顔を追いながら、宮田はひとつ、決意した。

今日、無事に伴奏をやり遂げることが出来たら、みなみと仲直りする。

奥沢叶がやって来たのは、かなり最後のほうだった。

「おはよ。叶、遅かったじゃん。バス？」

「ううん、車」

お母さん来るの？　と由梨に聞かれた奥沢は、うん、とひと言頷いた。

ついにホールが開場されると、生徒たちは一気に会場内へ流れた。どんどんとその勢いは増して、奇妙な熱を帯びてくる。


大ホールの客席でプログラムを広げた奥沢は、自分の名前を凝視していた。

「伴奏の名前、変えなくてよかったあ。佐田先生、しつこかったからさ」

馨の言葉に頷きながら、奥沢はすぐ後ろの保護者席に神経を尖らせていた。麗奈と戸越がこれを開く頃には、指揮の件もばれてしまうのだろう。

まだ十分に時間はあるのに、客席に人が増えていくにつれて、奥沢の不安は大きくなった。動悸がして、息苦しい。

通路を挟んだ隣の列には、一年三組が座っていた。

「そろそろ静かに。他のクラスにも迷惑になりますから」

後方の座席から身を乗り出して、時枝がそう呼びかける。珍しくスーツ姿で、まるで式典の装いだ。よれた白衣も羽織っていない。保護者が来場する行事では、教師たちはみなよそゆきだった。

担任のある先生は、受け持ちのクラスの合唱をどこで聴くのだろう。一緒に舞台袖まで行くのだろうか。もしそうなら、自分たちの出番の時、時枝は客席にいないのかもしれない。

観て欲しいな、と奥沢は思った。

せっかくなら、ちゃんと先生に観て欲しい。

巨大な不安がある中でも、ひとりでも自分を応援してくれる人がいてくれるなら、あとほんの少しだけ頑張れるような気がした。

「先生は、三組の本番中も客席にいますか？」

中通路を通りかかった時枝を、奥沢はそっと呼び止めた。見慣れないスーツ姿が格好いい。

「いますよ、客席に」

「よかった。私たち、三組の次なので」

「最後ですよね。指揮、頑張って」

すぐに立ち去ろうとした時枝を、先生、と奥沢はもう一度呼び止めた。逸る心臓を押さえながら、初恋の輪郭へひた向きな想いを投げる。

「指揮。全然ラクなんかじゃなかったですよ」

「え？」

「全然、適当に両手振ってるだけなんかじゃなかったですよ。私の努力、ちゃんと客席で観ていてください」

場内の照明がふっと落ち、薄暗がりの中にアナウンスが流れる。ざわめきはゆっくりと落ち着き始め、ほの明るい緞帳の周りに人々の注意が向けられた。


リハ室での最終練習を終えた奥沢たちは、あとは出番を待つのみだった。

「出だしは美しく、丁寧に。終盤の盛り上がりは思いっきりよ。ここから先のエリアでは絶対に喋らないで。じゃあ本番、頑張ってね」

厚くて重たい防音扉を、ぐうっと佐田が押し開ける。

舞台袖に送り込まれた一同は、私語せず指定された場所へと向かった。二つ前のクラスが退場すると、すぐに一年三組がステージ上へと進んでいった。その先頭には、あの風変わりな宮田の後輩の姿があった。

宇宙のように音もなく、ステージの裏はただ暗い。

想像していたよりもずっと客席の息づかいを近くに感じて、奥沢は恐怖を募らせていった。

あの洩れた光の向こうに母と戸越がいるのかと思うと、今にも逃げ出してしまいそうになる。

プログラムが読み上げられると、大きな拍手が巻き起こった。ここから見えるステージの際は、特別に光っていた。

遠い喝采を聞きながら、奥沢はそっと目を瞑る。

すぐそこにあるステージの上は、目が眩む程まばゆいのに、それを覗いている舞台裏はこんなにも暗い。暗くて、暗くて、息もできない。

こんなにも暗く孤独な場所が、宇宙に他にあるのだろうか？


世界で一番、暗い場所はどこだか知ってる？


けたたましい前奏が舞台上から聞こえた瞬間、奥沢は異変に気がついた。

宮田が、怯えている。

その強烈な光景に、奥沢はわが目を疑った。

暗闇からステージの光を睨みつけながら、宮田佳乃はその大きな両手を震わせていた。死に際の幼獣のように、その瞳は異常な怯えに揺らいでいた。

この頼りなげに震える少女は、一体誰だと言うのだろう？

「宮田さん？」

ひそやかに呼びかけてみても、宮田は反応しなかった。いま傍らに立っている少女は、自分の知る宮田ではなかった。

その時、ヒュッ、と奥沢の中に、ひとつの疑念が流れ星のように過ぎった。

これが、本当の宮田なのではないか。

不安に両手を震わせて、大きな光に怯えているこの臆病な姿こそが、本人がずっと押し隠してきた彼女の本当の姿なのではないか？

奥沢のその閃きは、雷光のように孤独を割った。

「宮田さん！」

はっきりとそう名前を呼ぶと、ようやく宮田は振り向いた。毛並みの悪い野良猫のように、その目はすべてを恐れていた。

気に食わない人だった。恵まれていて、優秀で。自分の中の劣等感をいちいち逆撫でする人。小説の中のヒロインみたいに完璧で、憎かった。

「ここ、声……」

「あのね」

奥沢が毅然と手招くと、宮田はその眉根を顰めた。戸惑いを滲ませながらも、そろりと頬を近づける。

幼児が幼児にするように、奥沢は宮田に耳打ちをした。

「金の、雨なんだって」

舞台裏の黴びた臭いに、古本のそれを思い出す。黴びた臭いは孤独の匂いだ。

「……何が？」

「落葉松の、雨は、金色に光り輝いていているんだって」

孤独の匂いに包まれながら、奥沢はそう囁いた。

どうしてこんなことを言っているんだろう、と自分でも不思議に思いながら、何度も鼻から息を吸った。そうしないと、涙がこぼれてくるからだ。

宮田さんのお母さんって、死んじゃったんだって。

「寮の、杉本さんが、言ってたの」

「杉本さん？」

そう、と奥沢が答えると、宮田は腑に落ちない様子で首を傾げた。

「実際は、そんな曲じゃないのかもしれないけど、でも、あの人の中では、そういう風に、きらきら光ってるんだって。そういうの、わかる？」

「そういう、曲なの？」

どういうの？　と宮田が問う。

視界がぼやけて、遠くの光はより輝きを増していた。これから舞台に上がるというのに、目を腫らして、ばかみたいだ。

「私は、それを聞いて、いいな、って思ったの。だから、もしかしたら、宮田さんも、そう思うかも、って思って」

私に、私だけの恐れや災いがあるように、宮田にもきっとそれがある。どうしてたったそれだけのことを、想像できずにいたのだろう？

孤独で辛くて怖いのは、この世で自分だけだと思っていた。

一年三組の演奏が終わり、客席から拍手が巻き起こると、再び宮田の両手は震え始めた。

「旧宣教師館の、金木犀。覚えてる？」

奥沢がその手をぎゅっと上から握り締めると、目を見開いて宮田はおもてを上げた。

「本当は、あの花はこの寒い土地には咲かないの。だから、あれがあそこに咲いているのは、一種の奇跡なんだって」

聴衆の拍手の勢いが失われていくのに逆らって、奥沢の声は大きくなった。

「だから絶対大丈夫。人が思うよりもずっと、この世で奇跡は起きるから」

宮田の震えが止まった瞬間、奥沢も胸の内でもう一度その言葉を唱えた。黴びた臭いを突き抜けて、甘い芳香がよみがえる。

出て、と袖から合図が入ると、奥沢は強く頷いた。そのままステージへと先頭を切ると、もう宮田を振り返ることはなかった。

不安も、恐れも、孤独も、緊張も、自分ひとりの持ち物ではないことを知ったから。

明るい世界へ踏み出た瞬間、奥沢叶の頭の中は真っ白になった。初めて目にした喝采の景色に、母や戸越のことさえも、少しだけ忘れてしまっていた。

私が思うよりもずっと、私に奇跡は起こり得る。

ステージの上の大きな光は、手の届かない遠くにあった。


「少しの気の緩みですぐに指は衰えるのよ?」

はっと我に返った時、宮田佳乃はグランドピアノの前にいた。市民ホールのステージの上から、人で埋まった客席が見える。

指揮台の上に目を向けると、そこには奥沢叶がいた。

さっきはなんだか、驚いた。

奇跡だとか、なんだとか、いきなり奥沢はどうしたのだろう？　学校行事で感動する人間ではなかったはずなのに、やはり最後の行事は誰でも感極まるものなのだろうか？

鍵盤の上の手を確かめると、指の震えは止んでいた。

もう一度、宮田が奥沢を見上げると、その目と目はかちりと合った。何だか、頭がぼうっとする。目の前の景色が、スローに見える。

奥沢がすっと利き手を上げると、会場中がしんとした。刹那の緊張を打ち破るように、その手がふうっと弧を描く。

柔らかな指揮に誘われて、宮田はピアノを奏で始めた。四小節が過ぎるとすぐに、クラスメイトの歌声がのる。

宮田の耳には変化があった。自分のピアノの音よりも、人の歌声に意識が向いた。外の音が、みんなの声が、どんどん自分の中に入ってくる。

ソプラノが。

メゾが。

アルトが。

他人の声のかたまりが。

一人ひとりでは頼りないだろう少女たちの歌声が、きれいにひとつに束ねられて、大きなホールを震わせている。その高らかな合唱は、宮田には光の粒に見えた。

落葉松の、雨は、金色に輝いているんだって。

奥沢も、この光が見えているだろうか？

金の雨が輝いているのが、ちゃんと見えているのだろうか？

暗い客席へと落ちていく無数の光は、まるで流星群だった。かつて待ち望んだ景色とは、こういう景色なのかもしれない。こんな劇的な輝きを、自分たちは待っていたのかもしれない。

あの夜見つけた流れ星に、いまなら何を願うだろう？

私が、私自身のために願うこととは何なのだろう？


絶対に宮田さんもここにいていいってことなんだよ。

この意味わかる？


落葉松の金色の雨の中で、宮田は一度も母の言葉を思い出さなかった。

15

「銀賞かあ」

惜しかったなあ、と心底悔しそうに馨が言った。

「そんな悔しい？　別に良くない？」

「悔しいでしょ、負けたの下級生だし……」

「だって審査員とかただの校長の友達じゃん。うちらん中ではうちらが金でしょ？」

いいこと言うじゃん、と悠がスマホを構えると、真帆が墨書きのコンクールの看板前でポーズを決めた。現地解散でクラスはばらけ、もうホール内に生徒はまばらだった。

金賞は、汐見のいる一年三組が獲った。

「この後、どーする？　寮のバス乗ってまっすぐ帰る？」

「その方がいいべ。タダだし」

「うちら寮帰るけど、叶たちはどうする？」

正面玄関を出たところで真帆に訊かれた奥沢は、いつものように微笑んだ。

「私、親来てるから。このまま車で」

「あ、そっか。じゃーまた月曜だ」

「うん、また来週」

その笑顔を横目でちらっと見ながら、宮田は不思議な気持ちになった。

舞台袖での出来事は、まぼろしだったのだろうか。まるで記憶をなくしたみたいに、奥沢はいつも通りだった。さっきはあんなに感極まって、子どもみたいに泣いていたのに。

「じゃあみんな、今日はお疲れ様。あ、宮田さん」

そう呼び止めた奥沢が、改まって握手を求める。うやうやしく差し伸ばされた手に、宮田は違和感を覚えた。今日までずっと五年間、一緒だったとは思えない。

学校一の美少女が、虫も殺さぬ顔で言う。

「今日はありがとう」

「……こちらこそ」

相変わらず、噛み合わない。

メタセコイアの並木道を颯爽と歩いていく奥沢の背を見つめながら、卒業式の日もこんな感じなんだろうな、と宮田は思った。

黴びた臭いのする舞台裏の片隅で、奥沢叶が囁いた言葉。

人が思うよりもずっと、この世で奇跡は起きるから。

「みなみはどうする？　親って来てるんだっけ」

「あーあたし……」

みなみ、と宮田が呼びかけると、グループの中の空気が変わった。じとり、とみなみがこちらを睨む。

宮田が今日やるべきことは、合唱コンクールの伴奏だけではなかった。

むしろ、本番はこれからだ。

「……何？」

怪訝そうにみなみが呟く。

「ちょっと……」

「ちょっとって何」

慣れないことをしているせいで、どうにも言葉が続かない。宮田が口を開けたまま突っ立っていると、真帆と悠が助けに入った。

「ちょっとったら、ちょっとじゃんね？」

「宮田さんがここまで折れてんだから、わかってやれよ」

ぱん、と背中を押されたみなみが、はあ？　と真帆に凄んでみせた。由梨も真帆たちに乗っかって、おどけた演技をしてみせる。

「おっと。ここで緊急ニュース。馨がホールに忘れ物したって！」

じゃあ戻ろ！　と真帆がホールを指すと、よっしゃ！　と馨も張り切った。まるで寸劇の終わりのように、一気にみんな、駆け出して行く。

「……何あれ、ムカつくんだけど」

取り残された宮田とみなみは、噴水の前で無言になった。冬季休水間近の噴水が、わっといきなり高くなる。

伴奏を無事に弾ききったら、謝ろうとは決めていた。

だけどここから先はノープランで、どうすればいいのかわからない。

「……あの」

「何」

「メッセとか、ゲームのハートを送った気がするんですが……」

ぼそぼそと呟いた言葉は、自分でもよく聞き取れない。

「なんで敬語」

「……怒ってるから？」

「誰が」

「みなみが」

「そりゃ怒るでしょうよ」

これで怒らなきゃなんなんだよ逆に、とみなみが呟く。

「メッセとかゲームのハートなんて、今まで何千何百回、宮田が無視して来たと思ってんの？」

「え？」

「えじゃないよ。そういうとこだよ」

本当にそういうとこですよ、とみなみは繰り返した。

ぶわ、と強く、風が吹く。

遠くの並木道で落ち葉が散り散りに舞って、それぞれの速度で落ちていくのを、ふたりは思わず見つめていた。

「……今日、このあと寮でなんか、あるの？」

突然そう言われても、宮田はなんのことだかわからなかった。

「なんかって？」

「誕生祝い」

「え」

実際のカレンダーと、自分の体感の間にズレがあることに、ようやく宮田は気がついた。

「……ウソでしょ？　自分の誕生日忘れる年齢じゃないだろ、まだ」

「いや、寝たり起きたりし過ぎて時間の感覚狂ってて……」

「合唱の当日、宮田の誕生日だよねってあたし前に言ったじゃん」

「言ったっけ?」

「言ったよ。ほら、人の話なんにも聞いてない」

しかめっ面のみなみの顔の、口の端だけが笑っている。

市民ホールの前には路線バスの停留所があり、複数の路線が走るそこからは、どこにだって行くことができた。

「結局、誕プレは何がいいのか決めれたの? もう当日なんだけど」

「考えはしたけど……」

「けど?」

「自分が何が欲しいのか、やっぱりわかんなかったから」

じゃあこれから一緒に探そ、とみなみが並木道の向こうのバス停を指差す。

ごめんね、という低い声は、みなみだけに届いていた。

いーよ、という呟きもまた、宮田だけに聞こえていた。

「一周回って観光にでも行く? バス乗ったら道の駅近いよ」

「そこって何かあるところなの?」

「知らん。コーラとソフトクリームくらいはあるっしょ」

角を曲がった新型のバスが、大通りをゆっくりと走って来る。


真昼の向こうで見えない星がまたひとつ、燃えた。

本作は書き下ろしです。

本書はフィクションであり、実在の個人・団体等とは
無関係であることをお断りいたします。

安壇美緒

あだん・みお

一九八六年北海道生まれ。早稲田大学第二文学部卒業。二〇一七年、『天龍院亜希子の日記』で第三〇回小説すばる新人賞を受賞し、デビュー。本作が二作目となる。

装画　志村貴子
装丁　アルビレオ

金木犀とメテオラ

二〇二〇年二月二九日　第一刷発行

著　者　安壇美緒
発行者　徳永真
発行所　株式会社集英社
〒一〇一-八〇五〇
東京都千代田区一ッ橋二-五-一〇
電話　〇三-三二三〇-六一〇〇（編集部）
〇三-三二三〇-六〇八〇（読者係）
〇三-三二三〇-六三九三（販売部）書店専用

印刷所　凸版印刷株式会社
製本所　ナショナル製本協同組合

定価はカバーに表示してあります。

ISBN978-4-08-775452-0 C0093

集英社の文芸単行本

江國香織　彼女たちの場合は

「これは家出ではないので心配しないでね」。一四歳と一七歳。ニューヨークの郊外に住むいとこ同士の礼那と逸佳は、ある日二人きりで〝アメリカを見る〟旅に出た。ボストン、マンチェスター、クリーヴランド……長距離バスやアムトラックを乗り継ぎ、二人の旅は続いてゆく。美しい風景と愛すべき人々、そして「あの日の自分」に出逢える長編小説。

青山七恵　私の家

突然実家に帰ってきた娘・梓。年の離れたシングルマザーに親身になる母・祥子。孤独を愛しながらも、崇拝者に生活を乱される大叔母・道世。幼少期を思い出させる他人の家へ足繁く通う父・滋彦。何年も音信不通だった伯父・博和。そんな一族が集った法要の日。すれ違いながらも、同じ家に暮らした記憶と秘密に結び合わされて――。三代にわたる「家と私」の物語。

彩瀬まる　さいはての家

駆け落ち、逃亡、雲隠れ。行き詰まった人々が、ひととき住み着く「家」を巡る連作短編集。家族を捨てて逃げてきた不倫カップルを描く「はねつき」。逃亡中のヒットマンと、事情を知らない元同級生の暮らしが始まる「ゆすらうめ」。新興宗教の元教祖だった老婦人が見ていたもの……「ひかり」。ほか全五編。

町屋良平　坂下あたると、しじょうの宇宙

高校生の毅は詩を書いているが、全く評価されていない。一方、親友のあたるは、紙上に至上の詩情を書き込める天才だった。ある日、小説投稿サイトにあたるの偽アカウントが作られる。「犯人」を突き止めると、それはなんと作風を模倣したＡＩで――。誰かのために書くということ。誰かに思いを届けるということ。芥川賞作家が、文学にかける高校生の姿を描いた青春小説。